Dass ein abwesender Vater nicht automatisch das Ende der Welt bedeuten muss, davon erzählt Javier Salinas in einer leisen und liebenswerten Geschichte, die nahelegt, das übliche Familienmodell einmal anders zu denken. Eltern sind nicht perfekt, das erfährt der kleine Juan, als nach »der Nacht der zerbrochenen Vasen«, Vater und Mutter ohne jede Vorwarnung die Scheidung einreichen. Nun steckt Juan in einer Krise, die er zu meistern sucht – auf seine Art. Ist es denn wirklich so schlimm, den Vater zu verlieren? Die Antwort auf diese Frage fällt ungewöhnlich aus. Und sie macht Mut, sich nicht automatisch zu den ewigen Verlierern zu zählen, wenn das Leben es einmal nicht so gut mit einem meint.

»Leichtfüßig, mit Schwung und Mutterwitz ... wirbt Salinas für die Stärke, die aus extremen Lebenssituationen und der Bewältigung von Krisen gewonnen werden kann. Ein kleines Lehrstück mit nützlichen Handlungsanweisungen.« ›Neue Zürcher Zeitung‹

*Javier Salinas*, geboren 1972 in Bilbao, studierte spanische Philologie und Recht an der Universität von Madrid. Er lebt in Madrid und Köln. In seiner Muttersprache hat er bislang drei Gedichtbände und zwei Romane publiziert. ›Die Kinder der Massai‹ ist der erste ins Deutsche übersetzte Roman.

*Unsere Adresse im Internet: www.fischerverlage.de*

*Javier Salinas*

# *Die Kinder der Massai*

Roman

Aus dem Spanischen von
Stephanie von Harrach

Fischer Taschenbuch Verlag

Veröffentlicht im Fischer Taschenbuch Verlag,
einem Unternehmen der S. Fischer Verlag GmbH,
Frankfurt am Main, Oktober 2006

Lizenzausgabe mit freundlicher Genehmigung
des Ammann Verlags & Co., Zürich

Druck und Bindung: Clausen & Bosse, Leck
Printed in Germany
ISBN-13: 978-3-596-16958-0
ISBN-10: 3-596-16958-5

Nimm dieses Buch und lies. Wenn du bis zum Ende gelangst, wirst du in der Lage sein, ein besseres Buch zu verstehen.

*Denis Diderot*

*Für Heike und für Lea, und umgekehrt*

## *Eins*

Die Nacht der zerbrochenen Vasen ist jetzt schon ein paar Monate her. Ich weiß noch genau, wie ich dachte: Diesmal werden sich meine Eltern trennen. Diesmal ja. Diesmal machen sie ernst. Ich weiß es. Ich spür es in der Nase und auch sonst überall. Sie werden sich trennen.

In meiner Klasse gehörte ich vorher zu denjenigen, deren Eltern nicht getrennt sind, ab jetzt würde ich einer von denen sein, deren Eltern es sind.

Getrennte Eltern hatten in meiner Klasse vorher nur:

Carlos Gonzáles, Julián Valenciaga, Ana Avilés, Susana Hidalgo, Víctor Contreras, Víctor Palao, Vanesa López, Hamed Said, Carlota Paz, Amélie Carliez, Esperanza Genil und Nacho Gil.

Und jetzt ich.

Vorher war ich einer von denen, deren Eltern nicht getrennt sind, aber jetzt würde ich zur Gruppe derer gehören, deren Eltern es sind.

Frau Matutes, die Lehrerin, eine sehr zarte und feinfühlige Person, die nur aus Versehen vierundfünfzigmal pro Satz flucht, Frau Matutes macht im Sportunterricht, wenn es ums Spielen geht, immer zwei Gruppen: die, deren Eltern getrennt sind, und die, deren Eltern es nicht sind. Das ist dasselbe, wie zu sagen, die, die zum Psychiater gehen, und die, die nicht hingehen.

Und die, deren Eltern getrennt sind, verlieren immer. Wir anderen gewinnen immer gegen sie, und es ist super einfach, gegen sie zu gewinnen, weil sie alle zum Psychiater gehen und nach dem Unterricht keine außerschulischen Aktivitäten haben, weil ihre Eltern sich absprechen müßten, wer von beiden sie nach den außerschulischen Aktivitäten abholen kommt. Und wie es scheint, ist das so gut wie unmöglich. Ungefähr genauso unmöglich, wie es unmöglich ist, daß Spanien irgendwann mal Fußballweltmeister wird.

Und das ist, wie es scheint, das Schwierigste von der ganzen Welt.

Aber diesmal steht es fest, diesmal werden sich meine Eltern trennen. Nicht, daß ich ein Wunderkind wäre oder ein Hellseher, ganz im Gegenteil, aber vor ungefähr zwei Monaten haben meine Schwester und ich es eines Nachts ganz genau gehört, obwohl unsere Eltern unten im Wohnzimmer waren und jeder von uns oben in seinem Zimmer.

Ich las gerade *Die unendliche Geschichte,* ein Buch, das in zwei Farben geschrieben ist, Grün und eine Art Rosa, und das von zwei Jungen handelt, von einem dicken mit Brille, der Bastian heißt, und einem anderen, der Atreyu heißt und all das ist, was Bastian nicht ist.

Ich bin eher wie Bastian.

Wenn auch nicht so dick, denn ich spiele Basketball.

Ehrlich gesagt, finde ich das Buch ziemlich gut, obwohl ich nie besonders gern gelesen habe, weil das manchmal ganz schön langweilig sein kann. Ich meine, daß ich manchmal viel lieber Fußball spiele oder Basketball oder fernsehe oder mit meiner Konsole spiele, als zu lesen, weil manche Bücher ziemlich langweilig sind und darin nie richtig was los ist. Mein lieber Schwan, jetzt bin ich ganz schön abgeschweift, also, ich wollte sagen, daß ich gerade dieses Buch *Die unendliche Geschichte* las und meine Schwester in ihrem Zimmer eins, das, glaube ich, *Fahrenheit 451* heißt (keine Ahnung, wie man das schreibt) und das – so hat sie's mir erzählt – in einer Welt spielt, in der Bücher verboten sind, und deshalb, weil sie verboten sind, lernen die Leute sie auswendig. Wahnsinn, sage ich, kommt natürlich drauf an, wie dick sie sind, *Die unendliche Geschichte* könnte ich nämlich nie und nimmer auswendig lernen, die hat ungefähr fünfzigtausend Seiten, die Hälfte grün und die andre in einer Art Rosa. Aber das hab ich ja schon gesagt.

Wenn's hoch kommt, könnte ich vielleicht den Teil auswendig lernen, in dem es um Bastian geht.

Aber, was ich sagen wollte, es war so, daß Laura in ihrem Zimmer gelesen hat und ich in meinem wohl eher grade mit dem Buch in der Hand eingeschlafen war, als wir plötzlich hörten, wie unsere Eltern einen Haufen Sachen im Wohnzimmer zerschlugen.

Ich stieg also aus dem Bett, öffnete vorsichtig meine Zimmertür und hörte ein bißchen zu, und als ich dann gehört hatte, was ich gehört hatte, schlich ich vorsichtig zum Zimmer meiner Schwester, die bei leicht geöffneter Tür ebenfalls hörte, was da unten im Wohnzimmer vor sich ging.

Später hat mir dann mein Onkel Carlos, der geschieden ist, erklärt, daß alles, was da unten vor sich ging, nichts anderes als das Leben sei.

Das Leben?

Mein Onkel Carlos, der Bruder meiner Mutter, arbeitet bei Renault und hat ständig ein neues Auto, und früher war er mal mit meiner Tante Margarita verheiratet, die einen Laden hat, der *Preisfresser* heißt und wo meine Mutter uns immer hinbringt, um uns Klamotten zu kaufen, die zwar billig sind, mit denen ich mich allerdings zu Tode schäme, wenn ich sie in die Schule anziehen muß.

Wenn jeder in meiner Schule zum Beispiel einen Adidas-Trainingsanzug hat, dann schleppt uns meine Mutter zu *Preisfresser* und kauft mir einen Trainingsanzug, der sicher nicht von Adidas ist und nicht mal im entferntesten wie einer von Adidas aussieht. Im Gegenteil. Keine Ahnung, was meiner Mutter einfällt, mir solche signalroten Trainingsanzüge zu kaufen.

Aber das ist nicht das Problem.

Das Problem ist, daß ich mich nicht traue, meiner Mutter zu zeigen, daß ich keine Persönlichkeit habe. Und deshalb sage ich ihr, schon gut, er gefällt mir, und in der Schule fühle ich mich dann mies, wenn alle meine Kumpel mich fragen, ob ich den Trainingsanzug von meiner Schwester anhabe oder so was in der Art.

Ich hätte gern Persönlichkeit.

Gut, Onkel Carlos hat mir also gesagt, daß alles, was da unten passierte, nichts anderes als das Leben sei. Als wäre es ein Zug oder so was gewesen, der bei uns zu Hause durchs Wohnzimmer gebraust ist.

Onkel Carlos sagte mir auch, daß ich noch zu jung sei, um das zu verstehen, aber daß das Ganze nicht mein persönliches Problem sei, sondern ein gesellschaftliches.

»Es ist ein gesellschaftliches Problem.«

»Ein gesellschaftliches?«

Wir saßen vergangenen Montag bei McDonald's an der Plaza de España.

Mein Onkel hatte mich zum Optiker begleitet, damit die mir eine neue Brille verpaßten, weil die alte beim Fußballspielen in der Pause zu Bruch gegangen war, und anschließend sind wir zum Abendessen zu McDonald's gegangen.

»Das Problem«, sagte Onkel Carlos, während er Coca-Cola durch seinen Strohhalm saugte, als ginge es darum, Erdöl vom Boden des Pappbechers raufzufördern, »das Problem liegt in der Kindererziehung.«

Mein Onkel Carlos, das darf ich nicht verschweigen, hat einen Tick mit den Augen: Alle zehn Sekunden kneift er sie fest zusammen, als würde er sie auspressen wollen, und dann macht er sie auf und sieht dich fest an. (Er behauptet, daß sie sonst austrocknen ...)

»Als Kind bringt einem keiner bei, daß das Leben so sein kann, wie wenn ein Güterzug bei dir zu Hause durchs Wohnzimmer rattert und alles kurz und klein schlägt, und trotzdem ist es im Leben manchmal so.«

(Augen zukneifen. Augen aufreißen.)

»All das Gerede davon, daß das Leben immer nur schön und glücklich sei. Warum muß man so etwas behaupten? Die ganzen Filme und Bücher, solche Vorstellungen von der Liebe haben nichts mit dem Leben zu tun. Weißt du zum Beispiel überhaupt, daß deine Tante Margarita und ich, daß wir geschieden sind?«

(Augen zukneifen. Augen aufreißen.)

(Klar weiß ich das.)

»Na schön, als ich deine Tante Margarita geheiratet habe, hätte ich nie im Traum daran gedacht, daß das einmal schiefgehen könnte, und deine Tante Margarita, da bin ich mir sicher, genausowenig. Aber so ist es nun mal gekommen, und als wir begonnen haben, im Wohnzimmer Sachen zu zerschlagen, war das eine absolute Katastrophe, weil wir nicht wahrhaben wollten, daß das, was passierte, nichts anderes als das Leben war. Und daß das Leben nicht bloß das war, was man uns erzählt hatte, was es sei. Verstehst du?«

(Augen zukneifen. Augen aufreißen.)

(Ja.)

Ich hatte meinen Hamburger und meine Pommes und die Cola und das Eis schon lange gegessen, und ich stellte mir vor, daß das Leben ein Wohnzimmer voller Vasen sei, die zerschlagen werden.

Die *von einem selbst* zerschlagen werden.

Während mein Onkel mir noch mehr Dinge erzählte, die ich gar nicht hören wollte, stellte ich mir vor, ich sei in einem riesigen Wohnzimmer voller chinesischer Vasen, und daß ich mit ihnen um mich werfen würde und daß sie klirrend in tausend Teile zersplittern, und dann käme meine Mutter ins Wohnzimmer – weil mein Vater ja immer in Afrika ist – und würde mich fragen, was ich da täte, und ich würde antworten, ich spiele das Leben.

Und dann würde meine Mutter sagen:

»Dann fang mal blitzschnell an, dies ganze Leben hier wieder aufzusammeln. Und stell dich auf ein Wochenende Hausarrest ein.«

## *Zwei*

Ich glaube, es wäre eine gute Idee, wenn man den Körper auseinandernehmen könnte. Oder?

Zum Beispiel, wenn man was nicht hören will, könnte man sich die Ohren abnehmen und sie in einem Kästchen aufbewahren. Oder, wenn einen ein Arm im Bett stört, könnte man ihn abnehmen und ihn auf den Nachttisch neben das Wasserglas legen, und genauso mit all den anderen Körperteilen. Ist doch eine gute Idee, oder?

Ich habe ständig so gute Ideen.

In der Nacht der zerbrochenen Vasen hätte ich mir dann zum Beispiel die Ohren abnehmen können und hätte überhaupt gar nichts gehört und hätte ruhig weitergeschlafen mit der *Unendlichen Geschichte* auf dem Bauch, wie immer, und heute wüßte ich gar nicht, was ich heute weiß: Daß sich meine Eltern trennen werden und daß ich deshalb ab jetzt in der Mannschaft spielen werde, wo nur die spielen, die aus auseinandergefallenen Familien kommen, und daß ich von nun an immer verlieren werde.

Daß meine Eltern sich trennen, ist eine Sache, aber daß ich in die Mannschaft soll, die immer verliert, ist etwas ganz anderes.

Und außerdem habe ich nach dem Unterricht ja auch noch zwei außerschulische Aktivitäten.

Montags und mittwochs gehe ich in den außerschulischen Malunterricht, und dienstags und donnerstags trainiere ich mit der Basketballmannschaft, nicht etwa, weil ich groß wäre, sondern gerade deshalb, weil ich klein bin. (Das mit dem Malen erzähle ich später.)

Und weil ich klein bin, nur im Vergleich mit den Supergroßen natürlich, spiele ich immer als Aufbauspieler. Als ich noch Fußball gespielt habe, gab es viele, die so waren wie ich, und darum habe ich mein Dasein auf der Auswechselbank gefristet, halbtot vor Langeweile, und im stillen auf den Trainer geschimpft, daß er ein Idiot wäre und keine Ahnung hätte.

Mich als Verteidiger einsetzen zu wollen, wo es doch Tatsache ist, daß ich viel besser im Mittelfeld bin...

Jetzt, wo ich der einzige Kurze in der Basketballmannschaft bin, spiele ich immer und bin sogar der Spielmacher, wie unser Trainer sagt, ich bin verantwortlich dafür, das Spiel aufzubauen und den Angriff zu organisieren, und ich muß zugeben, das gefällt mir ziemlich gut.

Klingt gut, das mit dem »Spiel aufbauen« und »den Angriff organisieren«. Ich komme mir vor, als wäre ich gleichzeitig im Kasino und in einem Film mit Kriegsflugzeugen.

Der Gedanke, daß ich dazu imstande sein soll, etwas zu organisieren, gefällt mir.

Und wenn meine Eltern sich nun trennen, muß ich dann den Malkurs und die Basketballmannschaft sausen lassen?

Ich glaube, daß Laura leichter über die Trennung meiner Eltern hinwegkommen wird, sie hat nämlich keine außerschulischen Aktivitäten.

Das habe ich ihr in der Nacht der zerbrochenen Vasen gesagt, und sie hat gesagt, ich sei ein Idiot, deshalb war ich ein bißchen sauer. Meine Schwester Laura ist drei Jahre älter als ich und wird mal Filmregisseurin werden, um lauter »richtig gute« Filme drehen zu können.

»Richtig gute«, habe ich sie gefragt, »was soll denn das heißen?«

»Ach, Kleiner, ich glaube, du bist ein bißchen doof.«

Und Tatsache, neben Laura wirkt jeder ein bißchen doof, denn meine Schwester Laura ist hochbegabt. Ist sie wirklich.

Vor ein paar Jahren haben sie in der Schule solche Intelligenztests durchgeführt, und es kam heraus, daß meine Schwester, abgesehen davon, daß sie meine Schwester ist, auch noch hochbegabt ist. Klar, daß ich neben ihr immer ein bißchen doof wirke.

Obwohl ich auch hochbegabt sein soll. Aber nicht richtig. Wie das geht? Ganz einfach: Weil meine Schwester, aber das bleibt unter uns, mir gesagt hat, wie man die Tests machen muß, damit es so aussieht, als wäre man hochbegabt, und so hab ich das dann auch gemacht. Außer uns weiß das niemand. Noch nicht einmal unsere Eltern, die glauben, sie hätten zwei hochbegabte Kinder, obwohl in Wahrheit nur meine Schwester hochbegabt ist.

Das mit meiner falschen Hochbegabung hat Vor- und Nachteile. Ich kann zum Beispiel in aller Ruhe schlechte Noten schreiben, und die Lehrer halten mich immer noch für den Klassenbesten. Denn wenn ich schlechte Noten schreibe, müssen die denken, das käme davon, daß ich einfach *zu* intelligent bin.

Was die Nachteile angeht: Ich schreibe eben schlechte Noten.

Manchmal hätte ich Lust, allen zu sagen, daß ich gar nicht so intelligent bin, wie sie denken, aber meine Schwester meint, das würde ich nur wollen, damit ich ohne jeden Druck schlechte Noten schreiben könnte, und ich sei intelligenter, als ich glauben würde.

Vielleicht wegen meiner grandiosen Idee vom auseinandernehmbaren Körper?

Aber, um noch mal auf Laura zurückzukommen: Sie hat keine außerschulischen Aktivitäten, außer ins Kino gehen und lesen, und dafür braucht sie niemanden. Und deshalb glaube ich, daß ihr das mit der Trennung unserer Eltern nicht soviel ausmachen wird. Aber mein Basketball? Und mein Malunterricht?

Was ist damit?

Als ich Onkel Carlos darauf ansprach, sagte der (Augen), zum Henker mit den Malstunden, ob ich denn nicht bedacht hätte, wie kompliziert das werden könnte, wenn da ein Güterzug so bei einem zu Hause durchs Wohnzimmer rattert, und jetzt käme ich auch noch mit meinen Malstunden daher, wo ich das doch verstehen müßte, so intelligent wie ich nun mal wäre...

(Augen.)

(Augen.)

Aber ehrlich: Hätte ich doch diese Tests bloß nie bestanden!

## *Drei*

Am Morgen nach der Nacht der zerbrochenen Vasen kam meine Mutter in mein Zimmer und sagte mir, daß sie sich nicht wohl fühle und daß wir bitte so lieb sein sollten, uns selbst für die Schule fertigzumachen. Dann gab sie mir einen Kuß auf die Stirn und ging in ihr Zimmer.

In der Schule lief es mehr oder weniger gut, bis zum Sportunterricht.

Als ich zum Sportunterricht kam, teilte mich die Lehrerin, Frau Matutes – ihr Feingefühl und ihr Verständnis habe ich ja bereits erwähnt – beim Volleyball wie von Zauberhand in die Mannschaft mit den Kindern aus auseinandergebröckelten Familien ein.

Nein!

Kann man mir vom Gesicht ablesen, daß meine Eltern sich trennen werden?

Es ist, als hätte ich mein Hemd falsch herum

an oder als würde mir am Rücken ein Schild kleben, auf dem steht:

Meine Eltern
werden sich
trennen

Wie am ersten April, wenn sie dir einen Papierhampelmann an den Rücken pappen.

Alle haben mich angestarrt, und Caspillas, der in jedes Fettnäpfchen tritt, hat laut gesagt:

»Frau Lehrerin, aber Gómez gehört doch zu uns.«

Worauf die Lehrerin antwortete:

»Ich weiß sehr genau, wer wohin gehört, und wenn du uns nicht den Gefallen tust, nur dann den Mund aufzumachen, wenn du gefragt wirst, wirst bald du derjenige sein, der in dieser Mannschaft spielt, Herr Caspillas.«

Daraufhin haben mich alle mitleidig angestarrt, und für einen kurzen Moment hörte Valenciaga auf, der unglücklichste Junge auf der Welt zu sein.

Valenciaga, der seit einem halben Jahr nicht mehr am Sportunterricht teilnimmt!

Und alle haben sich schon vorgestellt, wie ich zum Psychiater gehe und die Basketballmannschaft verlasse und mit den Malstunden aufhöre und aufhöre, hochbegabt zu sein, und so weiter.

So gut ich konnte, ertrug ich all die Blicke, ich schaute mir meine auseinandergebröckelten Mitspieler an und dachte, daß ich nicht bereit wäre, ab jetzt alle Spiele zu verlieren, nur weil meine Eltern sich trennen würden, auch wenn ich noch so viele chinesische Vasen im Traum zerschlagen hätte.

Und ich fing an, Spiele zu verlieren.

## *Vier*

Meine Schwester hat mir erzählt, daß in dem Buch, das sie in der besagten Nacht gelesen hatte, dem, in dem die Leute die Bücher auswendig lernen, weil Bücher verboten sind, daß in diesem Buch die Feuerwehrleute, anstatt Feuer zu löschen wie sonst üblich, damit beauftragt sind, Bücher zu verbrennen und sogar ganze Häuser, in denen sie Leute mit Büchern gefunden haben.

Einmal sogar eins, wo die Leute noch drin waren!

Jedenfalls lernt einer von diesen ach so friedlichen Feuerwehrleuten eines Tages ein Mädchen kennen, das liest, und also fängt auch er an zu lesen, und dann...

Was passiert dann?

Als meine Schwester und ich noch klein waren, kurz nachdem wir aus Frankreich zurückgekehrt waren und schon in Madrid lebten, fingen wir an zu glauben, unser Vater sei Afrikaner.

Ich zumindest habe das wirklich geglaubt. Denn wenn unser Vater nicht zu Hause war und wir unsere Mutter fragten, wo er denn sei, hat sie immer geantwortet, er sei in Afrika.

Und das Ulkige daran ist, daß es gestimmt hat. Eine Zeitlang dachte ich, meine Mutter mache Witze und daß sie statt Afrika genausogut Indochina hätte sagen können. Aber als wir ein bißchen älter geworden waren, vor allem ich, hat uns unser Vater erklärt, daß er Ingenieur sei und zum Arbeiten immer nach Afrika gehen müsse, zum Landstraßenbauen.

Ich schaute mir dann den Globus an, den mir Onkel Carlos zur Kommunion geschenkt hatte und der von innen beleuchtet war, damit man ihn auch im Dunkeln anschauen konnte, und betrachtete mir ausführlich dieses Afrika, und als ich sah, wie groß es im Vergleich zu Spanien war, dachte ich, mein Vater würde niemals aufhören, in Afrika zu sein.

(Und er ist ja auch immer noch dort!)

Aber bevor ich das wußte, bevor mir meine Schwester erklärt hatte, was ein Ingenieur ist und wie groß, wie riesengroß Afrika ist, habe ich mir vorgestellt, daß mein Vater ein Forscher wäre und daß er Elefanten, Tiger und Löwen jage, und einmal – nachdem ich einen Film gesehen hatte, der *Jenseits von Afrika* heißt – dachte ich sogar, daß mein Vater genauso sei wie der Hauptdarsteller, Robert Redford, und daß er genau wie der jeden Tag in der Abenddämmerung in einer Propellermaschine über Kenia flöge.

Na gut, bis zu einem gewissen Punkt lag ich damit auch nicht ganz falsch. Denn mein Vater verbrachte mehr Zeit in Afrika als zu Hause. Und jedesmal, wenn er zurückkam und zuerst meine Mutter und meine Schwester mit einem Kuß und mich nach der Art der Massai begrüßt hatte, wenn die Geschenke überreicht waren und wir auf dem Wohnzimmersofa saßen, dann dauerte es nicht lange, und schon begann er die Haustür anzuschauen, durch die er vor kaum einer halben Stunde erst hereingekommen war, und wünschte sich, sie von neuem zu durchschreiten, diesmal allerdings ... in umgekehrter Richtung!

Wirklich wahr.

Ich schloß mich dann in mein Zimmer ein, ließ die Jalousie herunter, bis kein noch so kleiner Lichtstrahl mehr durchkonnte, und knipste den Globus von Onkel Carlos an.

## *Fünf*

Jetzt fällt es mir wieder ein. Offenbar kann der Feuerwehrmann, Montag heißt er, Montag wie der Wochentag (das alles hat mir meine Schwester erzählt, und ich hab's extra noch mal nachgeschlagen), mit dem Lesen nicht mehr aufhören, sobald er einmal damit angefangen hat.

Nachts, wenn seine Frau schläft, steht er auf und liest so viele Bücher, wie er nur kann.

Diejenigen aus der Mannschaft der zerbröckelten Familien, die am ärgsten dran sind, das sind Julián Valenciaga und Carlota Paz; denn trotz regelmäßigem Besuch beim Psychologen kann man ihnen nichts sagen, ohne daß sie gleich anfangen zu weinen.

Über die kleinste Kleinigkeit.

Es ist wirklich so.

Immer.

Wenn sie nicht wissen, welches der längste Fluß in Rußland ist, fangen sie an zu weinen.

Wenn sie nicht wissen, in welchem Jahr Amerika entdeckt wurde, fangen sie an zu weinen, wenn sie eine Matheaufgabe nicht lösen können, fangen sie an zu weinen. Also eigentlich so gut wie immer.

Am Anfang hat die ganze Klasse über Julián Valenciaga und Carlota Paz gelacht, aber inzwischen lacht keiner mehr.

Und ich schon gar nicht.

Einmal hat Julián Valenciaga im Unterricht einen Anfall gekriegt, er fing an zu weinen, warf sich auf den Boden, und wir mußten einen Notarztwagen rufen, der ihn ins Krankenhaus brachte, weil er nicht aufhörte zu weinen und solche komischen Bewegungen zu machen. Und dann hat uns die Lehrerin erklärt, daß es Julián Valenciaga sehr schlecht gehe, weil er sich in einer schwierigen familiären Situation befinde (so hat sie sich ausgedrückt). Ich erinnere mich noch genau, wie die Lehrerin »schwierige familiäre Situation« sagte. Und außerdem hat sie gesagt, das könne jedem von uns passieren und wir müßten ihm alle helfen, und niemand solle sich über Julián Valenciaga lustig machen, wenn er zu weinen anfängt, weil er nicht weiß, wie die Hauptstadt von Swasiland heißt oder welche Länder die Beneluxstaaten bilden.

Die Hauptstadt von Swasiland ist Mabane.

Und die Beneluxstaaten, das sind Belgien, die Niederlande und Luxemburg.

Die Mutter von Julián Valenciaga, eine blonde, sehr hübsche Frau, von der ich manchmal träume, macht gerade ihre dritte Scheidung durch.

Es gibt einen Schüler in der Klasse, der heißt Sergio Caspillas und lernt immer Sachen, die sonst niemand lernt, nur um der einzige zu sein, der sie weiß.

Er ist ein Blödmann.

Sergio Caspillas ist unendlich blöde, immer stellt er solche Fragen wie:

»Wie alt wird ein Pandabär?« oder »Welches Land exportiert am meisten Baumwolle?« oder »Was heißt Wimpern auf Englisch?«

Sergio Caspillas nennen wir alle bloß Caspillas, und da kann er schon von Glück reden.

»Caspillas, heute bist du im Tor.«

»Caspillas, halt endlich mal die Schnauze.«

»Caspillas...«

Aber dies eine Mal war es nicht Caspillas gewesen, der Julián Valenciaga eine Frage gestellt hatte, sondern die Erdkunde- und Geschichtslehrerin, Frau Rubio, hatte ihn nach den Beneluxstaaten gefragt. Und Frau Rubio ist nicht so unendlich blöd wie Caspillas, auf gar keinen Fall, manchmal ist sie sogar richtig sympathisch, vor allem wenn sie leichte Tests schreiben läßt.

Bei Carlota Paz liegt die Sache etwas anders.

Eines Tages ist sie mit einem blauen Auge in die Schule gekommen, weil ihr Vater sie geschlagen hatte.

Tatsache.

Sie wollte es nicht zugeben und erzählte, daß sie sich an der Tischkante gestoßen hätte, weil sie über den Wohnzimmerteppich bei sich zu Hause gestolpert wäre. (Immer diese Wohnzimmer!) Jedenfalls hat sie sich sehr, sehr seltsam verhalten, und aus irgendeinem Grund fing sie an zu weinen wie Julián Valenciaga und wollte mit niemandem reden. Und zwei Tage später hat unsere Klassenlehrerin, Frau Barbudo, sie dann gebeten, noch einen Moment in der Klasse zu bleiben, während wir schon alle in die Pause gingen. Und dann wußte Frau Barbudo über alles Bescheid: daß ihr Vater derjenige war, der sie geschlagen hatte, und daß es nicht zum ersten Mal vorgekommen war.

Daraufhin war Carlota eine Woche lang nicht zum Unterricht gekommen, begann in allen Fächern schlechte Noten zu schreiben und fing jedesmal gleich an zu weinen, wenn man sie irgend etwas fragte.

Auch wenn du sie gefragt hast, wie spät es ist, weil dir bei einem Direktschuß die Armbanduhr kaputtgegangen war oder du sie zum vierten Mal innerhalb von zwei Wochen verloren hattest.

So sieht die Sache aus.

Ich habe nichts dazuerfunden, obwohl ich manchmal Lust hätte, alles zu erfinden. Mir einen anderen Vater zu erfinden und eine andere Mutter, und daß ich ein anderer wäre und in einem anderen Land leben würde, und daß ich nicht in der Mannschaft von denen wäre, die keine außerschulischen Aktivitäten haben.

Manchmal kriege ich richtig Lust, Sachen zu erfinden.

## *Sechs*

Noch so etwas, worüber ich manchmal nachdenke, ist, daß es ja wohl kaum sein kann, daß es auf der Welt nicht zwei genau gleiche Menschen gibt. Oder?

Und wenn vielleicht auch nicht gerade jetzt jemand existiert, der genauso ist wie ich, dann hat es aber vielleicht, zum Beispiel, vor dreihundert Jahren so jemanden gegeben. Es kann ja fast nicht sein, daß es soviel Vorstellungskraft gibt, jeden Menschen, der geboren wird, anders zu machen.

Wenn ich so aus dem Fenster in meinem Zimmer sehe und unermüdlich ein Lied nach dem anderen vor mich hin summe, als hätte ich sie nicht mehr alle, dann kommen mir die verschiedensten Gedanken: Ich denke an den auseinandernehmbaren Körper, daran, daß es ja wohl kaum sein kann, daß es nicht zwei genau gleiche Menschen auf der Welt gibt, an solche Sachen eben. Ich lehne meine Stirn an die Fensterscheibe und lasse die Zeit verstreichen.

Jahr um Jahr.

Neulich, als es wie verrückt geregnet hat, habe ich mir im Fernsehen einen Bericht über einen russischen Filmregisseur mit einem seltsamen Namen angeschaut. Der Regisseur stand an einem Fluß, und jemand stellte ihm Fragen über dies und das, von allem ein bißchen.

Der Regisseur hatte sehr tief liegende Augen, und manchmal sah er aus wie ein Adler. Er trug so etwas Ähnliches wie eine Priesterjacke und lehnte sich ab und zu an einen Baum. (Wie ich ihn so gesehen habe, habe ich richtig Lust bekommen, auch Filmregisseur zu werden.)

Und plötzlich kommen sie mit dieser Frage:

»Sind Sie unsterblich?«

Da schaut der russische Filmregisseur in die Kamera, als hätte man ihn um eine Zigarette gebeten oder gefragt, ob er Lust auf einen Ausritt hätte, und antwortet:

»Ja.«

Wie bitte?

Als der Bericht zu Ende war, erzählte mir meine Schwester, daß der russische Regisseur ganz hervorragend gewesen sei und jung an Krebs oder so was gestorben wäre. Und ich habe mich gefragt, wie es sein kann, daß man jung und so plötzlich an Krebs stirbt, aber gleichzeitig unsterblich ist.

Das kam mir ein bißchen komisch vor.

Ich fragte meine Schwester danach, und die antwortete mir, daß das zwei verschiedene Dinge wären, die nichts miteinander zu tun hätten, jedenfalls höchstens soviel wie sie und ich. Aber daß sie mir das nicht erklären würde, weil man auf solche Dinge besser selbst kommen müsse, wenn man denn überhaupt drauf kommen solle, und wenn nicht, dann würde es auch nichts bringen, sie einem zu erklären.

Ich bin dann in mein Zimmer zurück, um weiter vor mich hin zu summen, als hätte ich sie nicht mehr alle, und habe darüber nachgedacht, daß ich mir normalerweise, wenn die Dinge gut laufen und ich zufrieden bin, auch wünsche, unsterblich zu sein, aber manchmal, wenn ich traurig bin und die Welt um mich herum nur noch aus ununterbrochenem Vasenzerschlagen besteht, dann denke ich, daß das mit dem Unsterblichsein vielleicht doch nicht so toll ist.

Das erinnert mich an eine Geschichte, die ich gelesen habe, keine Ahnung mehr, wo, vielleicht hat sie mir auch Laura erzählt, die handelte von jemandem, der irgendeinen griechischen Gott um Unsterblichkeit bat und dem sie gewährt wurde. So kam es, daß dieser Mensch zusah, wie rund um ihn herum alle Freunde und Bekannten wegstarben, und in Wahrheit war das gar nicht komisch, aber es blieb dabei, daß dieser Mensch weiterlebte und immer älter wurde.

Und immer älter und älter wurde, aber nicht starb, weil er unsterblich war. Und irgendwann fand er es gar nicht mehr schön, der älteste Mensch auf der Welt zu sein, und er sagte zu diesem Gott, daß er sich das mit dem Unsterblichsein ein bißchen anders vorgestellt hätte, als nur immer älter und faltiger zu werden und die ganze Welt um sich herum sterben zu sehen.

Aber der Gott antwortete ihm, daß er sich dann hätte genauer ausdrücken müssen und sich etwas wünschen sollen wie ewige Jugend, aber das hätte er ja nicht getan, und deshalb würde er jetzt eben jeden Tag älter und älter werden, ohne jemals sterben zu können.

Schluck.

Besonders gnädig scheint mir dieser Gott ja nicht zu sein, denn es versteht sich doch von selbst, daß jemand, der sich Unsterblichkeit wünscht, sich nicht wünscht, bis in alle Ewigkeit voller Falten zu sein.

Meine ich.

## *Sieben*

Meine Mutter arbeitet als Journalistin beim Fernsehen, sie macht Nachrichtensendungen. Sie ist Redakteurin, und das sind die, die den Nachrichtensprechern sagen, was sie sagen sollen, oder so ähnlich.

Sollte ich, wenn ich mal groß bin, nicht als Filmregisseur arbeiten, dann wäre ich gern Redakteur, wie meine Mutter. Oder Moderator von Musiksendungen. Aber, ehrlich gesagt, zerbreche ich mir jetzt noch nicht allzusehr den Kopf darüber, denn was mich im Moment am meisten beschäftigt, ist die Frage, wie man es anstellen kann, in der Mannschaft der Kinder aus auseinandergebröckelten Familien nicht alle Spiele zu verlieren.

Denn so liefen die Dinge nun mal mehr oder weniger.

Nachdem ich mich davon überzeugt hatte, daß mir kein Schild auf dem Rücken klebte und Frau

Matutes in die Pfeife geblasen, sich die Sportzeitung auf den Bauch gelegt hatte und eingeschlafen war, begannen wir zu verlieren.

Es war, als hätten wir schon vor Spielbeginn angefangen zu verlieren. Ich weiß nicht, ob ich mich verständlich ausdrücke. Ich sprang, ich hüpfte, ich gab mir alle Mühe, ich ärgerte mich, ich konzentrierte mich und lenkte mich ab, ich tat genau das, was ich auch in der anderen Mannschaft immer tat, aber es half nichts, weil nicht nur Julián Valenciaga oder Carlota Paz, die sowieso so gut wie nie spielen, sondern auch Carlos González, Ana Avilés, Susana Hidalgo, Víctor Contreras, Víctor Palao, Vanesa López, Hamed Said, Amélie Carliez, Esperanza Genil und Nacho Gil nicht in der Lage waren, auf die Bälle zu reagieren, die uns Joaquín Escobar, Guillermo Montes, Pedro Bengoa, Marta Sáenz, Miguel Millás, Simona Harris, Javier Marina, Elsa Velázquez, Ana Solís und Antonio Solana rüberschickten.

Und das, wo sich meine Eltern noch nicht einmal getrennt hatten und es womöglich niemals tun würden!

Was hatte sich denn schon groß geändert?

Ein paar Tage später war mein Vater wieder

nach Afrika zurückgegangen, aber das hatte er ja immer getan, und hätte mich Frau Matutes nicht in die andere Mannschaft gesteckt, hätte ich nichts Außergewöhnliches bemerkt. Doch, meine Mutter war etwas seltsam, einverstanden, aber... trotzdem... vielleicht...

Und dann tauchte mein Onkel Carlos gestern am Schultor auf.

Als ich ihn da am Schultor sah, wie er in seinem neuen Renault mit den Augen zwinkerte, wurde mir klar, daß etwas passieren würde.

Besser gesagt, daß schon etwas passiert war und daß man es nicht mehr aufhalten konnte.

Bis dahin hatte ich noch Hoffnung, daß jenes Gespräch, das ich in der Nacht der zerbrochenen Vasen mitangehört hatte, nicht wirklich stattgefunden hatte; daß ich – entgegen allen Beweisen – diese Nacht nur geträumt hatte, wie auch all die anderen kleinen Begebenheiten, die sich seitdem ereignet hatten. Aber als ich meinen Onkel Carlos in seinem neuen Wagen mit den Augen zwinkern sah, war mir sonnenklar, daß alles wirklich gewesen war und daß die Dinge nicht starr in der Vergangenheit zurückbleiben würden wie in einem Traum, sondern daß sie wie eine große Welle plötzlich über den Strand herfallen und all unsere Sandburgen wegspülen würden.

So etwa.

Genau so.

## *Acht*

Meine Schwester hat mich wieder drauf gebracht, daß dieser tolle Filmregisseur Tarkowskij hieß, und mich gefragt, ob ich Lust hätte, mit ihr ins Kino zu gehen, um einen seiner Filme anzusehen.

»Zufälligerweise zeigen sie genau heute, am Mittwoch, seinen ersten Film *Iwans Kindheit*«, sagt sie.

Eigentlich müßte ich ziemlich büffeln, aber weil ich ein bißchen traurig bin, wo es gerade dauernd regnet, sage ich ihr, daß ich mitkomme.

Und dann gehen wir.

Wir gehen ins Programmkino, das ein bißchen weiter weg von unserer Wohnung liegt. Erst nehmen wir den Bus Nr. 134 bis zur Plaza de Castilla, dort steigen wir um in die U-Bahn, Linie 1, bis zur Station Antón Martín, wo sich das Programmkino befindet.

Die U-Bahn ist wirklich ziemlich interessant. Ein Haufen seltsamer Leute tummelt sich dort, jedenfalls sind sie ein bißchen anders als die, die ich sonst jeden Tag sehe. Leute, die aussehen, als hätten sie sich geärgert, Leute, die so wirken, als würden sie jeden Tag ein bißchen gefoltert. Zwar nur leicht, aber regelmäßig, Tag für Tag. Als wären sie an einem Punkt in ihrem Leben angelangt, an dem das tägliche U-Bahn-Fahren der Beweis dafür ist, daß das Leben nicht das ist, was sie sich vorgestellt hatten und was man ihnen erzählt hatte, was es wäre, wie mein Onkel Carlos sagen würde.

Aber das sind nur so meine Phantasien, das einzig Sichere ist, daß ich keine Ahnung habe, wie diese Menschen wirklich sind. Ich habe noch nicht einmal eine Ahnung, wie ich selbst wirklich bin, dabei stehe ich mir ja eigentlich viel näher.

Dann werden es wohl ganz normale Leute sein, sage ich mir im stillen, während ich eine Frau anschaue, die ungefähr zweiundzwanzig Kilo Schminke im Gesicht hat.

Und ich denke darüber nach, wo wohl das Gesicht dieser Frau ist und daß sie es womöglich zu Hause gelassen hat, weil sie einen auseinandernehmbaren Körper besitzt und heute keine Lust hatte, ihr Gesicht aufzusetzen, und daß sie sich deshalb so hat schminken müssen...

Weil sie ihr Gesicht nicht aufgesetzt hat!

Neben mir liest Laura gerade ein Buch mit einem Titel, der genauso seltsam ist wie der mit den Feuerwehrleuten. Es heißt: *Das Porträt des Künstlers als junger Mann.* Mir gibt schon allein der Titel genug zu denken. Kann man Künstler sein und gleichzeitig jung? Kann man unsterblich sein und früh sterben? Und was genau ist eigentlich ein Künstler? Mir wird jedenfalls übel, wenn ich so in der U-Bahn lese, deshalb wende ich meinen Blick von der Frau mit den zweiundzwanzig Kilo Schminke ab und widme mich der Beobachtung eines Mädchens, das ein wenig weiter weg, auf dem Sitz gleich neben der Tür sitzt. Es ist nämlich ein ziemlich hübsches Mädchen, und während ich sie mir unentwegt heimlich ansehe, stelle ich mir vor, daß ich sie eines schönen Tages auf irgendeine Art kennenlerne und daß...

Ich sehe sie die ganze Fahrt über an, ich sehe sie an, bis sie an der Haltestelle Sol aussteigt.

Tschau, tschau, sage ich leise zu ihr.

Und vergesse sie.

Ungefähr zwölftausend Stationen später steigen

wir endlich aus, und als wir auf die Straße kommen, fällt weiterhin gelassen der Regen vom Himmel, als hätte er nicht die geringste Eile, als wäre alles in Ordnung, als hätte ich nicht am nächsten Tag einen Literaturtest. Also, ich könnte ja eventuell morgen früh noch lernen...

Der Film ist super, wenn auch ein bißchen traurig. Es geht um Iwan, einen russischen Jungen im Zweiten Weltkrieg. Seine Eltern sind von den deutschen Feinden umgebracht worden, und obwohl der Junge ein bißchen klein und schwächlich ist, will er sich dafür rächen. Deshalb arbeitet er als Spion für die russischen Soldaten, auch wenn die ihm immer sagen, daß er dafür noch zu klein ist. Er hingegen findet immer einen Weg, sie zu überzeugen, und in gefährlicher Mission gelingt es ihm, die feindlichen Truppen auszuspionieren. Schließlich, am Ende des Films, sieht man, wie die Deutschen besiegt werden, aber auch, wie sie, bevor sie sich ergeben, den kleinen Iwan entdecken und ihn umbringen.

Und dann ist der Film aus.

Als wir aus dem Kino kommen, regnet es nicht mehr, und es ist Nacht geworden. Außerdem hat es aufgeklart, und am Himmel über Madrid sieht man einen einzelnen Stern mächtig leuchten. Meine Schwester fragt mich, ob es mir gefallen hat, und ich sage ja, sehr, und danke ihr dafür, daß sie mich mitgenommen hat.

Als wir, nach einer weiteren gedankenvollen Fahrt in der U-Bahn und im Bus, diesmal ohne hübsches Mädchen in Sichtweite und mit ein paar mehr Leuten, die scheinbar ihr Gesicht zu Hause gelassen haben, daheim ankommen, ist es schon sehr spät. Wir essen schnell etwas zu Abend, ein Stück Truthahn vom Vortag, und gehen ins Bett.

Ich weiß nicht, was meine Schwester in ihrem Zimmer tut, ob sie liest oder schon schläft; was ich tue, sobald ich im Bett liege, ist beten, beten dafür, daß nie wieder solche Sachen passieren, wie ich sie im Film gesehen habe, und daß es nie wieder Krieg gibt und daß sich meine Eltern nicht gegenseitig weh tun.

Ach, und dafür, daß der Literaturtest am nächsten Tag gut läuft.

Dann schlafe ich ein.

# *Neun*

Als wir noch kleiner waren, bevor wir eine auseinandergebröckelte Familie mit ungewisser Zukunft wurden, bevor sich mein Vater vorgenommen hatte, ganz Afrika mit Landstraßen zuzupflastern, bevor meine Mutter glaubte, alle Fernsehnachrichten und Reportagen auf der ganzen Welt schreiben zu müssen, und, logisch, lange bevor wir in die Welt der zerbrochenen Vasen eingetreten waren, haben wir – davon habe ich noch gar nicht erzählt – eine Zeitlang in Frankreich gelebt, in der Nähe einer Stadt namens Lyon, wo mein Vater zusammen mit meinem Onkel ein Jahr lang bei Renault gearbeitet hat.

Wir wohnten in einem Haus, das eine Art Feld oder Garten hatte, in dem meine Schwester und ich den lieben langen Tag über spielten. Jeden lieben langen Tag! Ich kann mich gar nicht daran erinnern, überhaupt zur Schule gegangen zu sein, vielleicht, weil wir nie hingegangen sind.

Woran ich mich allerdings erinnere, ist, daß wir eine tolle Zeit dort verbracht haben, und wenn ich jetzt daran zurückdenke, dann spüre ich, daß ich damals sehr glücklich gewesen bin.

Wir wohnten alle zusammen im gleichen Haus, mein Onkel Carlos und Tante Margarita, meine Eltern, meine Schwester und ich. Wir hatten einen Hund, der eines Tages am Gartentor aufgetaucht war und den meine Mutter, nachdem sie ein paar Tage lang vergeblich im Viertel herumgefragt hatte, um sein Herrchen ausfindig zu machen, Jacques nannte und der der süßeste Hund von der Welt war, so süß, daß ich, ich war ja noch klein, mir nichts sehnlicher wünschte, als Hund zu sein, oder noch besser, Tierarzt.

Um mit meinem Vater nach Lyon gehen zu können, hatte meine Mutter ihren Job als Nachrichtensprecherin an den Nagel gehängt, das hatte sie nämlich vorher gemacht. Damals arbeitete sie noch nicht als Redakteurin, und in Frankreich widmete sie sich ganz ihrer Lieblingsbeschäftigung: dem Nichtstun. *Dem schönen Nichts,* wie sie es nannte.

Für mich ist meine Mutter schon immer die beste Mutter der Welt gewesen, obwohl ich weiß, daß das jedes Kind über seine Mutter sagt. Genauso wie eine Mutter immer findet, daß ihr Kind das hübscheste auf der Welt ist, auch wenn das nicht immer ganz der Wahrheit entspricht.

Ich weiß, daß ich nicht der Hübscheste von der Welt bin.

Ich fand es wunderschön, meine Mutter barfuß mit einem Buch in der Hand im Garten dieses großen alten Hauses herumgehen zu sehen, während meine Schwester und ich spielten und spielten.

Sie setzte sich auf eine Holzbank unter einen Baum und verbrachte den ganzen Tag dort mit Lesen und trank dazu das eine oder andere Glas Wein.

Tante Margarita war auch immer bei uns, ab und zu fuhr sie allerdings nach Spanien, und wenn sie zurückkam, brachte sie uns immer einen Haufen Kleider mit, weil sie schon damit zugange war, den *Preisfresser* aufzuziehen.

Wenn mein Vater und mein Onkel von der Arbeit kamen, duschten sie erst einmal, zogen sich um, und dann gab es meist ein tolles Abendessen. Meine Schwester lernte damals gerade Französisch, und ich lernte, Jacques zu lieben und ein

Hund sein zu wollen, und erfuhr, wie glücklich man im Leben sein kann.

Damals war ich natürlich noch ein kleines Kind, das vom ständigen Hinfallen immer Grind am Knie hatte.

Nachts, auch im Winter, schliefen wir bei offenem Fenster unter riesigen Federbetten, und ein größeres Glück hätte es für mich gar nicht geben können.

Meine Schwester und ich schliefen im selben Zimmer, einem Raum mit schrägen Wänden und langen roten Vorhängen vor dem einzigen Fenster, von dem aus man den Himmel sehen konnte. Wenn wir uns in unsere Betten legten, erzählte mir meine Schwester immer Geschichten, und ich schlief mit ihren Worten auf meinen Lippen ein.

Das sind meine Erinnerungen an die Zeit, in der meine Mutter eine barfüßige Frau mit wunderschönem Haar war, die immer ein Buch unterm Arm trug, und mein Vater ein großer dunkelhaariger Mann mit Bart, der noch kein einziges Mal nach Afrika gegangen war.

Die Zeit, in der ich ein Hund sein wollte.

# *Zehn*

Heute hingegen sehe ich machtlos dabei zu, wie wir verlieren und wieder verlieren. Wie ist das nur möglich?

Wir haben schon einige Spiele gespielt. Alle erdenklichen Wechsel vorgenommen. Erst die Mädchen hinten, dann vorne, dann gemischt, dann haben wir die eine Taktik ausprobiert, dann die andere, aber Fehlanzeige. Es gibt keine Rettung. Wir Auseinandergebröckelten haben keine Zukunft, weder beim Volleyball noch in irgendeinem anderen Sport, bei dem man gegeneinander antreten muß.

Und *immer* muß man gegeneinander antreten.

Meine Schwester sagt, daß das damit zu tun hat, daß Kinder, deren Eltern sich getrennt haben, ihr Vertrauen in die Welt verlieren.

Das Vertrauen in die Welt verlieren?

»Vater und Mutter«, sagt Laura, die manchmal das reinste Konversationslexikon ist, »sind die beiden wichtigsten Bezugspersonen für ein Kind, irgendwann verschwinden sie als solche und entpuppen sich als Menschen mit Problemen oder Schicksalen, die sich nicht unbedingt immer nach dem Glück der Kinder richten.«

Wie bitte?

»Und deshalb«, sie spricht noch weiter, aber schon wie zu sich selbst, als wenn sie sich das alles selbst erklären würde, »verlieren die Kinder plötzlich das Vertrauen in die Welt, in sich selbst, sie glauben nicht mehr an sich und daran, daß sie Volleyballspiele gewinnen können.«

»Dann habe ich also kein Selbstvertrauen mehr?«

»So ähnlich«, antwortet Laura und schaut für einen Moment vom Buch auf, das sie gerade liest, eine Biographie über den russischen Regisseur, dessen Film wir neulich im Kino angesehen haben.

Laura sagt, die Welt sei eine Sache des Vertrauens, und der Welt sei es egal, ob man an sie glaube oder nicht, sie sei in jedem Fall rund. Und deshalb wäre es so wichtig, welche Vorstellung wir von ihr hätten und mit welchem Blick wir sie betrachten würden.

»Verstehst du?« fragt sie, als ob ihr plötzlich auffiele, daß ich ja auch noch da bin und daß ich derjenige bin, der beim Volleyball verliert, und nicht sie.

Ja, ja, ich verstehe meine Schwester Laura, ich verstehe sie genau, ich bin ja kein Idiot, aber es macht mich ein bißchen wütend, daß die Dinge so sind, es macht mich ein bißchen wütend, daß wir uns die Welt vorstellen müssen. Das heißt, daß die Dinge geschehen, und wir müssen entscheiden, ob das nun gut ist oder schlecht. Daß wir alle Spiele verlieren und selbst entscheiden müssen, ob wir darunter leiden oder darüber lachen sollen.

Daß es von uns abhängt, ob die Welt rund ist oder nicht.

Früher war die Welt immer rund.

# *Elf*

Als kleiner Junge war mein größter Wunsch ein Lastwagen, so einer, mit dem man Sand transportieren kann, aber voll bis oben hin mit geröstetem Mais. Ich hätte mir nichts Schöneres vorstellen können, als auf einem Riesenberg winziger gerösteter und gesalzener Maiskörner zu thronen und sie mir fäusteweise in den Mund zu stecken. Als ich klein war, war die Welt noch kleiner. Als ich klein war, gab es noch kein Afrika, und ich wußte weder, was ein Ingenieur ist, noch kannte ich die Fernsehsendungen beim Namen, noch wußte ich, daß meine Schwester hochbegabt ist und ich nicht.

In Frankreich hatten wir einen Freund, der Michel hieß. Michel lebte mit seiner Mutter, einer Pianistin, in unserem Nachbarhaus. Seine Mutter hieß Juliette und war, wie meine, eine wunderschöne Frau. Weil Michel ein Einzelkind war und seine Mutter »alleinstehend«, und weil sie außerdem viel Ruhe brauchte, um jeden Tag zu üben, wurde Michel schnell unser Freund und tauchte Tag für Tag an unserem Gartentor auf, genau wie Jacques dort eines Tages aufgetaucht war, und fragte, ob er mit uns spielen könne. Bald wurden auch unsere Mutter und Juliette gute Freundinnen.

Juliette, erzählte uns unsere Mutter später, war eine außergewöhnliche Frau, das hatten wir alle gleich gespürt, und sie hätte es deshalb nie leicht gehabt im Leben. Das wollte mir zu diesem Zeitpunkt nicht recht einleuchten. Warum sollte sie, wo sie doch so außergewöhnlich war, es nicht leicht gehabt haben?

Ihre Eltern hatten sie als Kind immer bei den besten Lehrern in den Unterricht geschickt, selbst wenn die in anderen Ländern waren, und so war sie, während andere Mädchen mit ihren Puppen spielten, immer von Lehrern, Lehrerinnen und Partituren umgeben gewesen.

Am Anfang, als sie noch ein kleines Mädchen war, war alles noch in Ordnung, aber später dann hatte die junge Juliette plötzlich allerhand Probleme bekommen, Depressionen und lauter solche Sachen. Weil sie, laut meiner Mutter, nie Gelegenheit dazu hatte, »das schöne Nichts« zu genießen.

Sie hatte es nie genossen, noch hätte man es ihr erlaubt, und niemand hat sie je die Freuden des schönen Nichts gelehrt.

Also war es der Mutter von Michel, obwohl sie eine außergewöhnliche Frau war, außergewöhnlich schön, gut und intelligent, ziemlich schlecht gegangen. Einmal, behauptet meine Schwester, hätte sie sogar das Klavier angezündet, auf dem sie Tag für Tag übte...

Nachdem es ihr zwei Jahre oder so sehr, sehr schlecht gegangen war und sie sich endlich auf dem Weg der Besserung befand, lernte sie in Paris ihren zukünftigen Ehemann, den Vater von Michel kennen. Kurz nachdem Juliette diesem Mann – er war Maler und arbeitete als Bühnenbildner an der Oper in Lyon – begegnet war, entschied sie sich, dort mit ihm zusammenzuleben. Sie heirateten, und sehr bald wurde Juliette schwanger. Alles lief ganz wunderbar, bis eines Tages unvorhersehbarerweise eines der Bühnenbilder, an dem Michel – denn so hieß Juliettes Mann – gerade für eine Oper arbeitete, vom Kran auf die Bühne fiel und ihn am Kopf traf, und Michel starb.

Danach hatte es fast so ausgesehen, als würde

Juliette ihr Kind verlieren, aber sie schaffte es, all das in den Griff zu bekommen, und als wir sie kennenlernten, war Juliette eine schöne, stille Frau, die ab und zu Konzerttourneen durch die Welt unternahm und ansonsten übte, sich ausruhte und sich um ihren Sohn kümmerte und eine Weile lang in unserem Nachbarhaus in Lyon dem schönen Nichts frönte.

Ich verstand mich sehr gut mit Michel, obwohl er kein Spanisch sprach und ich kein Französisch, aber wir konnten uns immer auf die eine oder andere Art verständigen, und wenn meine Schwester keine Lust mehr hatte, mit uns zu spielen, und lieber im Garten lesen wollte, haben wir die tollsten Abenteuer rund ums Haus erlebt und ganz in der Nähe Löwen, Tiger, Elefanten und Spuren der gefährlichsten Jäger entdeckt, die uns, wenn sie uns entdeckt hätten, sicherlich sofort und auf ewig gefangengenommen hätten.

Unser Freund Michel war ein Junge wie ich, nicht besonders groß, aber auch nicht besonders klein, mit schwarzen Augen und braunem Haar, und immer trug er kurze Hosen mit Hosenträgern. Jedenfalls hab ich ihn so in Erinnerung. Er hat seinen Vater nie kennengelernt, und nie hat er in einer Familie gelebt, und deshalb verbrachte Michel damals, als meine Eltern sich noch liebten wie im Film und mein Onkel Carlos und meine Tante Margarita den ganzen Tag lang Liebespaar spielten und sich immerzu küßten, soviel Zeit wie möglich bei uns, bis seine Mutter, wenn es langsam dunkel wurde, ebenfalls rüberkam, um ihn abzuholen. (Klar, daß ich das alles erst heute so sehe, daß er bei uns blieb, weil wir eine Familie waren.)

Manchmal blieb Michels Mutter auch zum Abendessen und bestand am Schluß darauf, sämtliche Teller abzuwaschen. Dann unterhielten sich meine Mutter und sie eine Weile, als wären sie schon ihr ganzes Leben lang Freundinnen gewesen, und kurz darauf ging sie und trug Michel auf dem Arm, der auf irgendeinem Sessel eingeschlafen war.

Ganz seinen Träumen ergeben.

# *Zwölf*

Wenn ich mich mit meiner Schwester an all diese Dinge erinnere, kommt es mir vor, als wären sie jemand anderem passiert, und ich glaube, das geht uns allen ein bißchen so: meiner Schwester, meiner Mutter, meinem Vater, meinem Onkel Carlos und meiner Tante Margarita. Und vielleicht empfinden sogar Michel und seine Mutter dasselbe.

Wenn ich heute an sie denke, frage ich mich, ob die Menschen, an die ich mich erinnere, sich auch an mich erinnern.

Wenn sich zum Beispiel Michel an mich erinnert, erinnert er sich dann an uns als die Familie, die ein Jahr lang im Haus nebenan gewohnt hat und irgendwann, nach einem Abschiedsfest mit Tausenden von Kartoffeltortillas und Krügen voller Sangría und haufenweise anderen Sachen, wieder nach Madrid abmarschiert ist und ihnen Jacques hinterlassen hat, damit er auf die beiden aufpasse?

Wir haben ein Foto von diesem Abschiedsfest, wir sind alle zusammen, lächelnd umarmt jeder jeden. Meine Mutter neben Juliette, beide halten sich an den Händen. Mein Vater legt von hinten die Arme um sie. Meine Schwester, Michel, Jacques und ich sitzen auf der Wiese im Garten. Mein Onkel und meine Tante strecken die Zungen heraus. Und noch mehr Leute sind da drauf, an deren Namen ich mich nicht erinnere oder die ich gar nicht kenne, die sich aber damals auch im Garten getummelt und diesen Tag in den schönsten Augenblick meiner Kindheit verwandelt haben.

Ich weiß nicht, warum ich mich ausgerechnet jetzt an all das erinnere. Vielleicht – so sagt Laura –, weil wir uns, wenn die Dinge mal nicht so gut laufen, gern zum Vergleich an die schönen Zeiten erinnern, einfach um zu leiden.

»Leidest du nicht?« frage ich Laura.

»Doch, sehr, ich leide sehr«, antwortet sie und schaut mir fest in die Augen, genau wie der russische Filmregisseur, als sie ihn fragten, ob er unsterblich sei.

»Ich leide auch«, sage ich. »Ich denke an die ganze schöne Zeit und an Mama, wie sie noch barfuß und zufrieden war, und jetzt tut sie mir leid. Was kann man tun, um nicht leiden zu müssen?« frage ich sie.

Meine Schwester sitzt mit übereinandergeschlagenen Beinen im Wohnzimmersessel, ein Buch auf den Schenkeln. Ein anderes Buch, dessen Titel ich diesmal nicht erkennen kann.

»Nichts«, antwortet sie mir, »dagegen kann man gar nichts tun. Wenn man leidet, kann man nichts anderes tun als leiden. Es ist genauso, als wenn du mich fragen würdest, was man dagegen tun könne, fröhlich zu sein. Nichts, würde ich dir antworten, wenn man fröhlich ist, braucht man nichts weiter zu tun als fröhlich zu sein. Mehr nicht.«

Ich sehe sie an, meine Schwester, mit ihren übereinandergeschlagenen Beinen und ihrem Pferdeschwanz und ihren ewigen Augenringen, die vom vielen Lesen kommen und vom vielen Nicht-Schlafen.

»Irgendwann geht alles vorbei«, sagt sie. Und zur Belohnung erzählt sie mir die Geschichte von König Salomon, einem alten und sehr reichen, weisen König, und seinem Ring, in den der Satz:

*Alles ist vergänglich*

eingraviert war. Und wenn er traurig war, heiterte ihn dieser Satz wieder auf, weil er sich bewußt wurde, daß seine Traurigkeit vergehen würde. Wenn er dagegen fröhlich war, machte ihn dieser Satz traurig, weil er sich bewußt wurde, daß auch seine Freude vergänglich war.

Und wie die Geschichte zu Ende ist, nimmt Laura ein Stückchen Papier und schreibt darauf den Satz:

*Alles ist vergänglich.*

Dann formt sie einen Ring aus dem Papier und streift ihn mir über den linken Zeigefinger.

»Damit du so reich und weise wirst wie König Salomon«, sagt sie.

## *Dreizehn*

Alles ist vergänglich?

Und dann? Werde ich vielleicht eines Tages nicht mehr beim Volleyball verlieren? Zur Zeit sieht es nämlich nicht so aus, als würde es jemals aufhören, noch nicht einmal mit dem Ring von König Salomon am Finger. Womit ich allerdings aufhören werde, ist der Malunterricht. Am Anfang hatte ich gar nicht erst hingehen wollen, weil es mir ein bißchen vorgekommen war wie mehr was für Mädchen (manchmal habe ich das Gefühl, ich sollte mir mehr Sorgen um meine fehlende Persönlichkeit machen), aber dann, als es losging mit dem Zeichnen und dem Farbenmischen, fing es an, mir zu gefallen. Jetzt gefällt es mir, aber ich glaube, aus anderen Gründen. Jetzt gefällt es mir, glaube ich, weil man beim Malen an nichts anderes denkt und weil man sich fürs Malen viel Zeit nehmen muß, man muß sehr langsam dabei vorgehen.

Unsere Zeichenlehrerin, Fräulein Esperanza, ist eine sehr, sehr kleine Frau mit sehr, sehr schlanken Händen und sehr, sehr blauen Augen. Das beste an ihr ist aber ihre Geduld und wie gut sie malen kann. Und, für sie sicherlich die größte Herausforderung, wie gütig und geduldig sie mit mir ist. Ich weiß sehr wohl, daß ich kein besonderes Talent zum Malen habe, soviel merke sogar ich, und daß ich auch hierin alles andere als hochbegabt bin.

Wenn ich ganz ehrlich sein soll, ist das einzige, worin ich hochbegabt bin, das Normalsein, und offen gesagt, bringt mir das nicht allzuviel. Na gut, sagen wir mal, ich bin weder besonders klug noch besonders dämlich, weder groß noch klein, weder hübsch noch häßlich, weder dick noch dünn.

»Was für ein normaler Junge«, pflegt so manche Freundin meiner Mutter festzustellen.

»Er sieht absolut nicht aus wie ein Hochbegabter, er sieht ganz normal aus.«

Klar, daß ich nicht wie ein Hochbegabter aussehe, klar, daß ich ganz normal aussehe.

Ich bin der normalste Hochbegabte auf der Welt, denn: ich bin ja nicht hochbegabt.

Ich bin weder ein Mathegenie noch ein Schachgroßmeister, ich bin auch kein Zeichentalent, nein, nichts dergleichen. Ich kann weder so schnell rennen wie Antonio Solana noch so flott lesen wie Marta Sáenz, noch bin ich so stark wie Carlos Hidalgo.

Zugegeben, manchmal schaue ich mich im Spiegel an und wundere mich darüber, daß ich nicht unsichtbar bin. Obwohl ich manchmal sehr genau spüre, daß ich es bin – unsichtbar. Zum Beispiel, wenn ich im Supermarkt an der Wursttheke darauf warte, daß ich dran bin, und eine Dame drängelt sich schamlos vor, und wenn ich dann sage, daß ich vor ihr da war, und sie sagt: »Entschuldigung, Kleiner, ich hab dich gar nicht gesehen.«

Solche Damen würde ich am liebsten erwürgen.

In solchen Situationen bin ich eben unsichtbar.

Und unsichtbar bin ich auch, wenn ich vor einem Mädchen stehe, das mir gefällt. (Und das ist mir fast noch ein bißchen wichtiger als das an der Wursttheke.) Irgendwann, und sei es auch aus Versehen, guckt mich das Mädchen, das mir gefällt, an, und ich merke, wie ihr Blick durch mich hindurchgeht und sie den Jungen hinter mir anschaut. Selbst wenn hinter mir gar kein Junge mehr ist!

Auch in solchen Situationen bin ich unsichtbar.

In der Schule nennen mich sogar alle bei meinem Nachnamen, Gómez, als hätte ich keinen Vornamen. Und dabei meine ich mich daran zu erinnern, ich heiße…, na, jetzt fällt es mir gerade nicht ein.

Schön und gut, was ich sagen wollte, ist, daß ich wohl den Malunterricht aufgeben muß, und wenn auch dadurch der Kunstgeschichte kein großer Maler verlorengeht, so verliere ich doch zumindest die Möglichkeit, weiter von der Güte und der Geduld unserer kleinen, schlanken, blauen Zeichenlehrerin zu lernen.

Alles ist vergänglich.

Und jetzt schaue ich mir meinen Ring an und werde traurig.

# *Vierzehn*

Vielleicht ist das, was gerade mit mir passiert, daß ich das Vertrauen verliere.

Neulich habe ich im Fernsehen einen Film gesehen, in dem zwei Japaner an einer Bar saßen und Whiskey tranken und rauchten.

Genau wie wenn sie zwei Amerikaner wären, nur waren es eben Japaner. Ich weiß nicht, ob ich mich verständlich ausdrücke.

In der Bar war niemand außer dem Kellner, der gerade einen Cocktail mixte, und ein paar Frauen im hinteren Saal, deren Gesichter man nicht sehen konnte, die aber ab und zu laut lachten.

Dort, wo die Männer saßen, war es jedenfalls angenehm und still.

Ich war allein zu Hause. Mein Vater war in Kenia und baute gerade an irgendeiner Landstraße, die von da nach dort über irgendwo führt. Meine Mutter war dabei, sämtliche Fernsehnachrichten für alle Fernsehsender dieser Welt vorzubereiten. Und meine Schwester saß im Kino und sah sich einen iranischen Film an.

Jawohl, ich machte einen auf Familienleben, nur andersrum.

Mit meiner japanischen Familie.

Na schön, jedenfalls war ich dort mit den beiden Japanern und hörte ihrem Gespräch zu. Der eine von ihnen war schon seit einiger Zeit Witwer, aber immer noch ziemlich jung, und der erzählte dem anderen, daß er wieder heiraten wolle. Sein Freund fand das eigentlich ganz gut und fragte ihn, wer denn die Glückliche sei. Der andere erwiderte, daß er sie noch gar nicht gefunden habe, aber daß er sich eine junge, wenn auch nicht gar zu junge Frau wünsche, eine mit Schulabschluß und Ausbildung. Darauf lächelte der Freund und fragte den anderen, warum denn die Auserwählte Schulabschluß und Ausbildung haben müsse. Und der, der heiraten wollte, antwortete, daß die Ausbildung einem Menschen Sicherheit und Selbstvertrauen verleihe, und das wären die Dinge, die glücklich machten.

Dann hab ich nicht mehr weitergesehen, und ich weiß nicht, ob der Japaner, der wieder heiraten wollte, es nun getan hat oder nicht, ich war nämlich eingeschlafen und bin erst aufgewacht, als meine Schwester aus dem Kino zurückkam. Jetzt bin ich wohl ein bißchen traurig, weil: habe ich etwa das Vertrauen verloren, daß die Dinge sich zum Guten wenden werden?

Und darum frage ich mich: Seit wann bin ich eigentlich so ein Optimist? Seit wann sage ich mir denn, daß die Dinge sich zum Guten wenden?

Es ist offenbar so, daß ich mich wohl schon daran gewöhnt hatte, daß meine Eltern getrennt lebten, denn in Wirklichkeit taten sie ja genau das schon seit geraumer Zeit, und ich weiß auch nicht, warum ich jetzt das Gefühl habe, es hätte sich etwas geändert, vielleicht weil ich im Sportunterricht die Mannschaft gewechselt habe.

Aber wenn ich Massai wäre...

Mein Vater hat mir einmal erklärt, daß es in Kenia verschiedene Volksgruppen oder Stämme gibt, ich weiß nicht mehr so genau, sie unterscheiden sich unter anderem durch ihre Hautfarbe, je dunkler ihre Haut ist, desto niedriger in der Hierarchie steht ihre Volksgruppe. In einem Sommer brachte mein Vater einen Freund mit, der dem schwärzesten Stamm und damit der niedrigsten

Gesellschaftsschicht angehörte, dem Stamm der Luo. Und dieser Mann erzählte uns neben vielen anderen Dingen, daß die Männer seines Stammes keine Frauen ihres eigenen Stammes heiraten wollten, sondern lieber eine aus einem höheren Stamm. Und er erzählte auch, daß die Massai da ganz anders sind, daß sie stolz sind und keine Familien haben.

Er erzählte uns, daß wenn einem Massai eine Frau (natürlich eine Massai) gefällt, er seine Lanze in den Eingang ihrer Hütte steckt, und das bedeutet, daß er die Nacht bei ihr verbringen wird. Natürlich kann es passieren, daß am nächsten Tag vielleicht ein anderer Massai seine Lanze vor die Hütte derselben Frau steckt. So kommt es vor, daß die Frau nicht weiß, von wem ihre Kinder sind, und deshalb sind die Kinder der Massai Kinder von allen, sie sind Kinder des ganzen Massaidorfes.

Mal angenommen, ich wäre Massai, dann würde ich meinen Vater jetzt gar nicht verlieren, weil ich nie einen gehabt hätte.

Ob das eine gute Lösung wäre, weiß ich auch nicht so genau.

## *Fünfzehn*

Noch so eine von diesen großen Fragen, die ich in meinem *nicht* hochbegabten Hirn hin und her wälze, ist, ob ich derselbe geworden wäre, wenn ich in einem anderen Land geboren wäre.

Ob ich zum Beispiel ich selbst geworden wäre, mitsamt diesem komischen Namen, der mir gerade nicht einfällt, wenn ich in Kenia, Frankreich, Äthiopien, Thailand oder in Japan geboren wäre.

Ob ich genauso unsichtbar geworden wäre, wie ich es jetzt bin, und ob man mich in diesen Ländern auch in die Mannschaft der Auseinandergebröckelten stecken würde, wenn sich meine Eltern getrennt hätten.

In der Schule erzählen sie uns bis zum Überdruß, daß wir uns glücklich schätzen könnten und daß wir dankbar dafür sein sollten, so viele Dinge zu besitzen, und daß die Kinder in den afrikanischen Ländern, zum Beispiel, noch nicht einmal Kugelschreiber zum Schreiben hätten.

Damit erreichen sie, daß wir uns dafür schuldig fühlen, farbige und feinminige Kugelschreiber zu besitzen und Lineale und Textmarker und Bleistifte und Druckbleistifte und Radiergummis.

Das hat uns noch gefehlt. Sind wir etwa daran schuld, daß es Bleistifte und Kugelschreiber gibt? Sind wir etwa daran schuld, daß die Kinder in Afrika keine haben? Und haben denn die Kinder in Afrika oder sonstwo was davon, daß ich mich dafür schuldig fühle, ein Lineal und einen Taschenrechner zu besitzen? Und was noch?

Ich kann das jedenfalls nicht ertragen, denn was kann ich schon für die Kinder in Afrika tun? Und wer sind überhaupt die Kinder in Afrika? Die Luo, die Massai, die Kinder aus Algerien oder die aus Swasiland? Ich habe keine Ahnung. Und außerdem hab ich weder besonders viele Kulis noch Lineale im Überfluß: Wofür soll ich also dankbar sein und vor allem wem? Bin ich vielleicht daran schuld, daß ich in einem Land auf die Welt gekommen bin, in dem es Lineale gibt?

Nein, das sehe ich nicht ein.

Ab und zu ärgere ich mich von ganz alleine. Zum Beispiel, wenn ich im Bus sitze und mir die

Gedanken im Kopf herumschwirren und ich mir vorstelle, daß ich mich mit dem oder dem Jungen aus der Schule prügele, usw.

Aber das war es gar nicht, was ich sagen wollte, was ich eigentlich sagen wollte, ist, warum wird man wohl dort geboren, wo man geboren wird, und was mich außerdem beschäftigt, ist, welchen Einfluß das darauf hat, wer man ist. Wer wäre ich zum Beispiel, wenn ich vom Stamme der Luo wäre, oder wer wäre ich, wenn ich in Tokio oder Peking zur Welt gekommen wäre?

Und noch etwas: Wenn ich dort zur Welt gekommen wäre, hätte ich dann wohl auch *Die unendliche Geschichte* zu Ende gelesen?

## *Sechzehn*

Na schön, ich danke allen dafür, daß ich ein Lineal besitze.

Den Bäumen, den Hunden, den Katzen.

Den Nilpferden, den Margeriten, den Schmetterlingen.

Ich danke der Nachbarin von nebenan, die mich nie grüßt und die wie ein Boxerhund aussieht. Ich danke dem Nachbarn von gegenüber, der ein Rüpel ist und sich immer gleich bei meiner Mutter über alles beschwert. Ich danke der Mathelehrerin dafür, daß sie immer freitags nachmittags in der letzten Stunde Tests schreiben läßt. Ich danke dem Vater von Carlota Paz dafür, daß er sie verprügelt, und den Massai dafür, daß sie so respektvoll mit ihren Frauen umgehen.

Schönen Dank auch an sie alle.

Jetzt geht es mir besser.

Es gibt nichts Wichtigeres, als dankbar zu sein, hat man mir immer gesagt.

Und mein ganz besonderer Dank gilt natürlich meiner Lehrerin, Frau Matutes, dafür, daß sie mich in die Mannschaft der Auseinandergebrökkelten gesteckt hat.

Meine Schwester fragt mich, warum ich so wäre.

»Wie denn?«

»So negativ.«

»So negativ?«

»Ja.«

»Negativ?«

»Ja.«

»Negativ?«

»Ja.«

»Warum sagst du das?«

»Nur so. Hörst du dir manchmal selbst zu?«

»Ja.«

Meine Schwester hat mehr Geduld als jeder andere auf der Welt, und ich weiß nicht, warum sie sich soviel Mühe gibt mit jemandem, der so blöd ist wie ich, jedenfalls versucht sie mir, der ich gerade mit der Welt im großen und ganzen hadere, zu erklären, daß man alles drangeben muß, um komplizierte, ungerechte und schmerzhafte Situationen zu vermeiden, aber wenn diese Situationen einmal eingetreten und in der Welt sind, kann man nichts anderes tun, als sie so leicht wie möglich zu nehmen.

Sie versucht mir zu erklären, daß es nichts hilft, über Dinge zu jammern, die nun einmal geschehen sind.

»Weil sie schon geschehen sind«, fährt sie unermüdlich fort, »und weil sie so real sind wie Toastbrot mit Butter und Marmelade zum Frühstück. Das einzige, was man dann noch tun kann, ist, drauf zu achten, daß diese Situation sowenig Schaden wie möglich anrichtet, alles andere wäre nur Wut und Haß. Und Wut und Haß führen zu nichts Gutem...«

Das alles erzählt sie mir in der Küche beim Frühstück. Neben ihrem Teller liegt ihr Physikbuch aufgeschlagen, weil sie heute in der ersten Stunde einen Test schreibt, bei dem sie hervorragend abschneiden wird. Neben meinem Teller liegt das Lesebuch aufgeschlagen, weil ich heute in der ersten Stunde einen Test schreibe, bei dem ich – mit Ausreichend abschneiden werde.

Irgendwer muß ja die schlechten Noten kriegen, und mir ist es lieber, ich kriege sie, als daß Laura sie kriegt.

Ich opfere mich.

Unsere Mutter ist unter der Dusche, auch heute wird sie uns nicht zur Schule bringen, denn sie geht einen befreundeten Rechtsanwalt besuchen.

Ich schaue noch eine Weile den Frühstückstoast an und stelle mir vor, ich wäre ein Massai und würde ihn mit meiner Lanze in Häppchen schneiden.

Und dann überlege ich, daß ich doch vielleicht lieber ein Luo wäre.

## Siebzehn

Julián Valenciaga, zum Beispiel, den hat es ziemlich hart getroffen.

Julián Valenciaga geht zum Psychiater und muß jede Stunde Pillen nehmen. Blaue Pillen zur Beruhigung, gelbe zur Anregung und rote, die ihn zum Volleyballspielen animieren sollen.

Die roten zeigen überhaupt keine Wirkung. Die ganze Klasse (inklusive Carlota Paz) spielt Volleyball, nur Valenciaga nicht. Der bleibt in der Turnhalle auf der Tribüne sitzen und schaut uns beim Spielen zu, als säße er daheim vor dem Fernsehapparat.

Bis jetzt haben wir fünf Partien verloren. Am Anfang habe ich mich noch darüber geärgert, inzwischen fange ich an, es zu genießen.

Das muß ich erklären: Als mir aufgegangen ist, daß wir *nicht* gewinnen werden, sosehr wir auch springen, rennen, schreien und uns um den Ball prügeln, daß wir immer Kinder aus auseinandergefallenen Familien bleiben werden und deshalb *nicht* gewinnen werden, seitdem mir das aufgegangen ist, genieße ich das Spiel um des Spielens willen.

Es geht nicht mehr ums Gewinnen (weil man *nicht* gewinnen kann), es geht allein ums Spielen.

Ob es das war, was Laura meinte, als sie davon sprach, die Dinge positiv zu sehen?

Selbst die aus der Gegenmannschaft, allen voran Miguel Millás, schöpfen allmählich Verdacht. Sie verdächtigen uns, absichtlich zu verlieren und daß wir nicht einmal gewinnen wollen.

Neulich, als wir gerade wieder dabei waren zu verlieren (ich weiß, ich wiederhole mich), ging Miguel auf die Lehrerin zu und sagte ihr, wir würden ja absichtlich verlieren, und das wäre unfair.

(?)

Miguel Millás spinnt.

Frau Matutes, die Lehrerin, legte die Sportzeitung beiseite, blies in ihre Pfeife, unterbrach die Partie und ließ uns in Reih und Glied antreten.

Angetreten!

(Frau Matutes ist eine sanftmütige und einfühlsame Frau, die statt mit Haut mit Trainingsanzug umhüllt zu sein scheint. Und zwar immer mit demselben Trainingsanzug.)

Trrriiii …

Antreten, verdammt noch mal!

(Sehr einfühlsam, sehr sanftmütig.)

Trrriiii … Trrriiii …

Dann, nachdem sie dreißig Sekunden lang mit hinter dem Rücken verschränkten Händen auf und ab gegangen war, im Mund die Pfeife, aus der hinten eine Schnur kommt, die sie um den Hals hängen hat, sprach sie.

An alle gewandt sagte sie, daß es nicht ums Spielen ginge, sondern um den Kampfgeist, und daß der Sport nichts weiter sei als ein Training für den Zeitpunkt, an dem wir uns in einer Gesellschaft behaupten müßten, in der Härte und Konkurrenzkampf vorherrschten.

Und sie sagte uns auch, daß das Leben wie ein Hindernislauf sei und daß nur die gut Trainierten Erfolg hätten und das Ziel erreichten. Und sie nahm ein Stück Kreide und malte uns auf die kleine Tafel in der Turnhalle ein paar Hürden, immer höhere Hürden, dann sagte sie: »Ein paar von euch werden nur die erste Hürde überspringen, einige vielleicht auch die zweite, andere werden es vielleicht sogar bis zur fünften schaffen...«

So ist das Leben, sagte sie, und wenn sie herauskriegen würde, daß unsere Mannschaft absichtlich verliert, gäbe es für sie kein Pardon, und so weiter und so fort.

Und als sie dann endlich fertig war mit ihren Ausführungen über den Sport und über das Leben, setzte sie sich, um sich wieder ihrer Sportzeitung zuzuwenden und weiterzuschnarchen.

Und wir wandten uns wieder dem Verlieren zu.

Aber diesmal mit Kampfgeist.

# *Achtzehn*

Auf der Rückfahrt nach Hause, im neuen Auto von Onkel Carlos, erzählt uns Laura von dem iranischen Film, den sie neulich gesehen hat.

Sie erzählt uns, daß der Film *Schwarze Tafeln* heißt und daß es darin um eine Gruppe von iranischen Lehrern geht, vor allem um zwei, die mit ihren Tafeln auf dem Rücken durch die Dörfer ziehen und nach lernwilligen Schülern suchen.

Als ich das höre, frage ich:

»Ist das ein Science-fiction?«

Aber meine Schwester fährt fort, als hätte sie nichts gehört.

»Einer der Lehrer«, erzählt sie weiter, »trifft auf eine Gruppe von Kindern, die riesige Pakete auf ihren Rücken tragen. Er freut sich, als er sie sieht, weil er glaubt, daß sie alle lesen und rechnen lernen wollen. Als er sie darauf anspricht, sagen sie, daß sie keine Zeit dafür hätten, weil sie Schmuggler seien und ihre Waren zwischen dem Iran und dem Irak hin- und hertransportieren müßten. Aber der Lehrer bleibt hartnäckig, und zum Schluß findet er einen Jungen, der sagt, daß er lernen wolle, und sei es auch nur, seinen Namen zu schreiben, daß er aber keine Pause machen könne, weil er Waren transportieren müsse. Der Lehrer, der froh darüber ist, endlich einen Schüler gefunden zu haben, sagt, das wäre kein Problem. Er würde mit der Tafel auf dem Rücken vor ihm hergehen, und so könne er beim Gehen lesen lernen.

Ein anderer Lehrer trifft statt auf Kinder auf eine Gruppe von Alten, die lange außerhalb ihres Landes gelebt haben und jetzt, da sie alt geworden sind, in ihre Heimat zurückkehren wollen, um ihre letzten Lebensjahre in jenem Dorf zu verbringen, das sie auf der Flucht vor dem Krieg vor vielen Jahren verlassen hatten. Es sind arme, sehr alte Männer, und auch von ihnen will keiner lesen lernen. In der Gruppe der Alten marschiert auch die Tochter von einem von ihnen mit, und sie wiederum hat einen kleinen Sohn. Ein bißchen durch Zufall kommt es zur Heirat zwischen dem Lehrer und dieser Frau, die nicht sprechen will, und die wenigen Male, die sie den Mund aufmacht, nennt sie ihn Tafel.

Tafel hier.

Tafel dort.

Tafel dies.

Tafel das.

Dann wird der Lehrer ein bißchen böse auf sie und fragt, warum sie denn so mit ihm umspringe, und die Frau antwortet, daß sie in ihrem Leben schon Männer kennengelernt hätte, die sie geliebt habe und die sie dann verlassen hätten, und deshalb schenke sie jetzt all ihre Liebe und Zärtlichkeit ihrem Sohn, der sie niemals allein lassen würde.

Nach dieser Unterhaltung und nachdem sie viele Gefahren überwunden haben, gelangt die Gruppe mit Mühe und Not an die irakische Grenze. Hier trennt sich der Lehrer von seiner Frau, denn sie will in dieses Land und er nicht. In Sekundenschnelle vollzieht einer der Alten die Scheidung, und die Frau nimmt die Tafel des Lehrers mit.

Sie läßt Tafel ohne Tafel zurück.

Fast gleichzeitig, fährt meine Schwester fort, gelangt im Tal die Gruppe der jugendlichen Schmuggler mit dem anderen Lehrer an eine andere Grenze. Sie wollen sie überqueren, werden jedoch von Soldaten dabei erwischt, die die Gewehre auf sie richten und sie erschießen.

»Wie erschießen?« fragt plötzlich Onkel Carlos, der die ganze Zeit gespannt den Worten Lauras gelauscht hat und dabei sicher siebenundfünfzig rote Ampeln und zweihundertsieben Zebrastreifen überfahren hat.

»Ja, sie werden von den Soldaten erschossen«, antwortet Laura, ein bißchen genervt darüber, daß mein Onkel nicht glaubt, daß Soldaten jemanden erschießen könnten.

»Die Kinder? Der Lehrer?« fragt Onkel Carlos beunruhigt weiter.

»Ja, alle.«

»Und warum?«

»Weil sie unerlaubt die Grenze überschritten haben.«

»Ach so.«

»Vorsicht, Onkel Carlos«, sage ich, »die Ampel ist rot.«

»Welche Ampel? Oh… Hoppla, Verzeihung, die hab ich gar nicht gesehen, vor lauter Grenzgeschichten…«

»Uups, beinahe«, sage ich, als ich sehe, daß wir fast gleichzeitig einen Omnibus gerammt und einen alten Mann über den Haufen gefahren hätten.

»Und wie geht der Film weiter?« fragt mein Onkel, den die Sache mit den Soldaten ziemlich aus der Fassung gebracht hat.

Meine Schwester steckt ihren Kopf zwischen den Vordersitzen durch, auf denen mein Onkel und ich sitzen, und sagt:

»Da hört der Film auf. An der Grenze.«

Onkel Carlos bleibt eine ganze Weile still, als würde er etwas ganz Undenkbares denken, als würde er plötzlich etwas verstehen, das gar nicht zu verstehen ist, und dann macht er schnell das Radio an.

»Heute spielt Spanien gegen Italien«, erklärt er uns, reißt die Augen auf und kneift sie wieder zu. »Ein Spitzenspiel.«

Und meine Schwester läßt sich sanft zurückfallen auf die Rückbank vom neuen Renault meines Onkels. Ich drehe mich zu ihr um und sehe, daß sie die Augen geschlossen hat.

# *Neunzehn*

Heute nacht träume ich, ich sei ein Junge aus der Schmugglerbande. Aber anstatt die iranischen Berge zu überqueren, gehe ich nach Afrika. Auf meinem Rücken trage ich einen schweren Sack, außerdem ist es wahnsinnig heiß und ich habe großen Durst, und ich bin barfuß und meine Füße fühlen sich an wie brennende Steine.

Am strahlend blauen Himmel kreisen riesige fette Geier, die mich mit ihren stechenden Augen beobachten.

Ich gehe auf einem Weg aus Sand und Stein, auf den noch niemals Regen gefallen zu sein scheint, als unerwartet ein paar Massai auftauchen, die ihre Lanzen auf mich richten und mich fragen, was ich denn in diesem Sack trüge, und da bekomme ich mächtig Angst. Als sie mich auffordern, den Sack zu öffnen, taucht plötzlich mein Vater auf, mitten unter den Massai, und weil ich denke, daß er mich jetzt retten wird, werfe ich mich erleichtert an seine Brust und sage: »Papa, Papa.« Aber er schüttelt mich ab, fängt an zu lachen, schaut zu den Massai hin und sagt:

»Wir Massai haben keine Kinder, Kleiner, und jetzt mach den Sack auf, bevor wir böse werden.«

Ich bekomme wahnsinnige Angst, mehr Angst, als ich je hatte. Warum erkennt mich mein Vater nicht? Ich bin's doch ... Gómez ...

Mit Händen, die wie aus Eisen sind, packen sie mich und nehmen mir den Sack ab, und gerade als sie ihn öffnen wollen, genau in dem Moment, werde ich mit einem Schlag wach.

Ich bin nicht in Afrika, sondern in meinem Zimmer, und die teuflischen roten Zahlen auf dem Wecker neben meinem Bett stehen auf fünf Uhr siebenunddreißig in der Früh.

Ich schwitze und habe einen Durst, als hätte ich ewig nichts getrunken. Dann fällt mir ein, daß ich vielleicht doch nicht noch drei Stück Pizza zum Abendbrot hätte essen sollen, nachdem ich schon zwei intus hatte.

Ich liege wach im Bett, und als ich in einem Zug das Glas Wasser heruntergekippt habe, fällt mir die nächtliche Stille im Haus auf. Ich steige aus den Federn, öffne das Fenster, und ein Stoß kühler Luft streift über meine Brust und mein Gesicht.

»Ich bin ein Kind der Massai«, sage ich laut.

Der orangefarbene Schein der Straßenlaternen erhellt kaum die Nacht, und am Himmel funkeln ein paar Sterne, deren Namen ich nicht kenne. Da wird mir bewußt, daß ich etwas verstanden habe, das ich gleich danach wieder vergessen habe, wie mein Onkel heute im Auto etwas verstanden hat, das man gar nicht verstehen *kann.* Dann schließe ich das Fenster, und gerade, als ich mich wieder ins Bett legen will, frage ich mich, was wohl in meinem Sack dringewesen sein mag. Und während ich noch darüber nachdenke, schlafe ich ein.

Und dann träume ich nichts mehr.

# *Zwanzig*

Als ich am nächsten Morgen am Frühstückstisch Laura von meinem Traum erzähle, antwortet sie, ich hätte halt am Vorabend nicht achtzehn Stücke Pizza essen sollen. Wenn ich mich partout hätte umbringen wollen, hätten auch drei gereicht.

»Es waren nur… fünf«, antworte ich.

»Du hast recht, entschuldige, es waren ja *nur* fünf … Siehst du? Und beinahe wärst du dran gestorben. Wenn die Massai dich nicht fertiggemacht hätten, hätte dir sicher deine Verdauung den Rest gegeben, wo du so unter der sengenden Sonne bei wahnsinnig blauem Himmel durch Afrika spazierst mit *nur* fünf Stück Pizza im Magen.«

»Kannst du mir mal die Butter geben?« sage ich ein bißchen wütend, weil sie sich schon so früh am Morgen über mich lustig macht.

»Hast du immer noch Hunger?«

»Gibst du mir jetzt die Butter oder nicht?«

»Bitte schön.«

»Und wo ist Mama?«

»Sie zieht sich gerade an, sie will zum Anwalt gehen.«

»Schon wieder?«

»Schon wieder.«

»Aha.«

Da tritt unsere Mutter in die Küche. Sie sieht sehr hübsch aus und riecht wahnsinnig gut. Sie wünscht uns einen guten Morgen und gibt jedem von uns einen Kuß.

Weil ich weiß, daß sie nur zwei Minuten in der Küche sein wird, gerade lang genug, um einen Kaffee zu trinken, fange ich schnell an, ihr meinen Traum von heute nacht zu erzählen. Aber ich habe kaum losgelegt, da versetzt mir meine Schwester unter dem Tisch einen Tritt, und als meine Mutter uns den Rücken zukehrt, um sich einen kleinen Löffel aus der Schublade zu holen, macht sie mir ein Zeichen, den Mund zu halten.

»Ja? Was warst du?« fragt meine Mutter, die ganz offensichtlich mit sich selbst beschäftigt ist und mir gar nicht zuhört.

»Wer? Ich? Jetzt hab ich's vergessen, grad hab ich den Traum vergessen.«

»Ach komm, er fällt dir sicher wieder ein, oder?« sagt meine Mutter, trinkt ihren Kaffee aus, stellt die Tasse in die Spüle und macht sich dran, sie abzuwaschen und gleichzeitig aus dem Fenster zu sehen.

»Laß gut sein, Mama«, sagt Laura, »Juan und ich kümmern uns um den Abwasch, damit du nicht zu spät kommst.«

»Genau«, sage ich wie ein Papagei, »laß stehen, Mama, du kommst noch zu spät.«

»Na schön«, sagt meine Mutter und dreht sich zu uns um, als wäre sie sehr weit weg gewesen. »Also, Küßchen, und habt einen schönen Tag.«

Sie geht aus der Küche, steigt die Treppe rauf in ihr Badezimmer, um sich die Zähne zu putzen, kommt nach wenigen Minuten wieder runter und verläßt das Haus. Ein paar Sekunden später steht sie noch mal im Flur und fragt:

»Hat jemand die Autoschlüssel gesehen?«

»Ich glaube, sie sind neben dem Topf mit dem Weihnachtsstern«, antworte ich.

»Ach, da sind sie ja. Gut, bis heute abend, ihr zwei.«

»Tschüs Mama.«

»Tschüs.«

Wir schweigen ein paar Minuten, und dann fragt mich meine Schwester:

»Warum willst du Mama den Traum erzählen?«

»Na, damit sie Bescheid weiß.«

»Aber Mama kommt in dem Traum doch gar nicht vor.«

»Nein.«

»Und, wer kommt in deinem Traum vor?«

»Papa.«

»Dann müßtest du wohl eher Papa den Traum erzählen, oder nicht?«

Die Tage kommen und gehen. Meine Mutter kommt und geht zum Anwalt.

Die Tage kommen und gehen. Und mein Vater kommt und geht nach Afrika.

Die Tage kommen und gehen. Und meine Schwester kommt und geht ins Kino.

Die Tage kommen und gehen, und ich komme und gehe in *Die unendliche Geschichte.*

## *Einundzwanzig*

Wie sich wohl unschwer erkennen läßt, rede ich gerne. Ich bin schon ab und zu drauf angesprochen worden, warum ich das tue, und nachdem ich die Frage in meinem vermeintlichen Superhirn ordentlich hin und her gewälzt habe, bin ich zu dem Schluß gekommen, daß es daran liegt, daß ich manchmal Angst vor der Stille habe. Ja, weil sich in meiner Stille manchmal die Massai versammeln und ihre Lanzen auf mich richten.

Das ist auch der Grund, warum ich überall und jederzeit ein Liedchen vor mich hin singe oder summe. Und wenn mir keine Liedchen mehr einfallen, dann erfinde ich welche. Vielleicht werde ich mal Sänger oder Komponist, wenn ich groß bin, ich weiß noch nicht so genau. Ich kann mich nur daran erinnern, daß ich schon mal in meinem Leben Hund sein wollte, oder Tierarzt, aber das war, als ich noch kleiner war.

Was ich allerdings genau weiß, ist, daß meine

Cousine Mónica, die ein paar Jahre älter ist als ich, eines Tages aufgestanden ist und nicht mehr gesprochen hat. Sie ist eines Morgens ganz normal aufgestanden, nur daß sie nicht gesprochen hat. Was nicht ganz so normal ist. Also, wenn ich aufstehe, habe ich auch nicht viel Lust zu reden, aber das eine ist, nicht viel Lust dazu zu haben, und das andere, es überhaupt nicht mehr zu tun.

Am Anfang haben Onkel Enrique und Tante Elena gedacht, daß ihre Tochter sie auf den Arm nehmen will, und sie fanden es sogar noch lustig, aber als nach einer Weile Mónica noch immer nicht auf die einfachsten Fragen geantwortet hat, zum Beispiel, ob sie einen Toast zum Frühstück haben wolle oder zwei, oder ob sie einkaufen gehen könne, da fanden sie es nicht mehr so lustig.

Sie begannen sich Sorgen zu machen, und einmal hat die Mutter sie in ihrer Sorge sogar geohrfeigt, um zu sehen, ob sie reagieren und den Unfug endlich seinlassen würde. Während Onkel Enrique, der, seit er arbeitslos geworden ist, zum Psychiater geht und es nicht mehr aushält, wenn die Dinge schieflaufen und die Menschen leiden, vom Tisch aufstand, um in Ruhe in seinem Arbeitszimmer zu weinen.

Onkel Enrique hatte über zwanzig Jahre bei Seat gearbeitet, und vor zwei Jahren haben sie ihn entlassen, seitdem ist er nicht mehr derselbe.

Ich erinnere mich, wie er, genau wie Onkel Carlos, jedesmal, wenn ich ihn sah, ein anderes Auto hatte und wie die beiden den Rest der Familie zur Verzweiflung getrieben haben mit ihren endlosen Diskussionen darüber, welches die besten Autos sind und welche mehr verbrauchen und welche weniger, oder welche die schnellsten sind und ähnliche Fragen der allgemeinen Metaphysik. Nichtsdestotrotz, seit mein Onkel Enrique vor zwei Jahren seine Arbeit verloren hat, ist er in sich zusammengefallen wie eins von diesen Kartenhäusern, die man baut, wenn einem nach dem Essen langweilig ist, und die so schwierig im Gleichgewicht zu halten sind, und wenn sie einmal in sich zusammenfallen, dann kann man sie nicht mehr aufrichten. Ja, genau das ist meinem Onkel Enrique passiert.

Er hat sich nicht wieder aufgerichtet.

Wie ein zusammengefallenes Kartenhaus.

Und dabei hat mein Onkel Carlos alles mögliche unternommen, um ihm eine Stelle bei Renault zu verschaffen, aber es hat nichts genützt.

Nach dem, was meine Mutter erzählt, ist Onkel Enrique mit Fünfzig anscheinend zu alt zum Arbeiten. Und Tatsache ist, daß mein Onkel Enrique, der sein Leben lang nichts anderes getan hat als arbeiten, seitdem fast den ganzen Tag traurig ist, und in seiner Gegenwart ist es ein für allemal verboten, über Autos zu reden.

Noch nicht einmal über Mopeds oder Fahrräder darf man sprechen.

Auch nicht, wenn es um andere Marken geht.

Als also Tante Elena meine Cousine Mónica geohrfeigt hat, damit sie *endlich den Mund aufmacht,* hat sie sie zwar zum Weinen gebracht, aber nicht zum Reden, nicht ein Wort des Protests über die Art, wie sich ihre Mutter um sie sorgte, war ihr über die Lippen gekommen.

So ging dieser Tag zu Ende. Die Eltern hatten alles versucht, bis sie – nachdem sie alle möglichen Arten Druck auszuüben probiert hatten – dachten, daß es das beste wäre, sie nicht unter Druck zu setzen. Mónica sollte ins Bett gehen, aber vorher erst etwas Heißes trinken, und das, obwohl Juni war, und am nächsten Tag wäre alles vorbei.

Meine Cousine tat, wie ihr befohlen, verbrannte sich an der heißen Suppe, die meine Tante im Handumdrehen zubereitet hatte, die Zunge, was dem Ganzen auch nicht besonders zuträglich war, und am nächsten Tag war rein gar nichts vorbei: Sie sprach immer noch nicht.

Ihre Mutter war fast schon soweit, sich auf dieselbe Art um sie zu sorgen wie am Vortag, aber zum Glück für das Gesicht von Mónica hielt sie sich zurück. Und schließlich sorgte sie sich doch.

Ich muß gestehen, daß ich nicht genau darüber informiert bin, wie es weiterging. Aber ich habe so etwas gehört, wie daß sie meine Cousine zum Arzt bringen mußten und zum Psychologen, und ich weiß nicht, was noch alles.

Jetzt spricht meine Cousine Mónica ausgezeichnet, aber es gab eine Zeit, in der sie nicht gesprochen hat.

## *Zweiundzwanzig*

Ich komme nicht voran. Ich komme kein Stück voran, ich lese langsam, ja, das ist wahr, und manchmal lese ich sogar tagelang gar nicht oder ich verblättere die Seite, auf der ich war, und das macht die Sache noch komplizierter. Verglichen mit meiner Schwester scheine ich von einem anderen Planeten zu kommen. Und manchmal frage ich mich, ob ich in der Klinik nicht verwechselt worden bin. Wie kann das sein, daß ich der Bruder von meiner Schwester bin?

»Laura«, sage ich, sobald ich kann und genügend Mut zusammenhabe, um ihr eine solche Frage zu stellen, »glaubst du, daß wir Geschwister sind?«

Sie schluckt.

»Juan, du machst mich wahnsinnig. Warum fragst du so was?«

»Hast du niemals dran gedacht, daß sie sich in der Klinik getäuscht haben könnten, als...?«

»Nein, daran habe ich noch nie gedacht. Glaubst du, in einer Klinik geht es zu wie in deiner Rumpelkammer?«

»Ja, ich weiß schon, daß es nicht so ist, aber sie können sich doch mal irren, oder?«

»Nein.«

»Und warum nicht? Sind es denn keine Menschen?«

»Na schön, ja, sie können sich irren, das ist normal.« Sie seufzt. »Aber selbst wenn es so wäre, welche Rolle spielt es denn, ob wir die gleichen Eltern haben oder nicht? Wir sind doch auf jeden Fall Geschwister. Oder?«

»Schon, aber wo wir doch so verschieden sind...«

»Verschieden? Worin?«

»Du liest so viel...«

»Und weiter? Jeder muß seine Art zu leben finden, glaubst du nicht? Und die findet man mit der Zeit: die eigene Persönlichkeit und das, was man im Leben tun kann und tun will«, antwortet meine Schwester, die schon ahnt, daß ich nicht so schnell lockerlassen werde.

»Ja, das weiß ich.«

»Also?«

»Nein, schon gut, nur manchmal sehe ich alles so verschwommen. Und manchmal vermisse ich Papa sehr.«

»Na schön, Papa hat schon gefunden, was er tun will, darüber könntest du dich freuen.«

»Wie, mich darüber freuen?«

»Hast du ihn denn nicht lieb?«

»Doch.«

»Und dann freut es dich nicht, daß er ein Leben für sich gefunden hat, das ihn glücklich macht?«

»Doch.«

»Siehst du, das ist Liebe, mein lieber *Bruder.*«

# *Dreiundzwanzig*

Ich hätte nie gedacht, daß meine Eltern sich je trennen würden.

Man denkt immer, daß bestimmte Dinge, vor allem die schlechten, einem selbst nie passieren. Und ohne jeden realen Hintergrund (falls es so etwas überhaupt gibt), einfach so, denkst du, daß sich deine Eltern nie trennen werden, daß niemand in deiner Familie, schon gar nicht du selbst, mal an irgendeiner Krankheit sterben könnte, solche Sachen, und vor allem, daß du nie zur Mannschaft der Auseinandergebröckelten gehören wirst.

Aber hier bin ich.

Ob ich's mir nun gedacht habe oder nicht.

Und verliere in meinem Trainingsanzug von *Preisfresser* mit der Spitzenmannschaft der Zerbröckelten Spiel um Spiel. Aber, nach dem Rüffel der Lehrerin, Frau Matutes, wenigstens mit Kampfgeist.

Mir jedenfalls hat sich der Magen umgedreht, wie sie uns erklärt hat, daß das Leben ein Hürdenlauf sei. Als wir da zur perfekten Aufstellung angetreten waren und ich dabei die Tafel fest im Blick hatte, auf die sie die ganzen Hürden gemalt hatte, habe ich mich schon einen Moment lang über diese imaginären Hürden springen sehen. Und so sprang ich immer weiter über immer höhere Hürden, während schon ein paar von meinen Freunden zurückblieben. Ich konnte mir nicht vorstellen, daß ich, *Der Unsichtbare, Das Kind der Massai,* an einem der Hindernisse, die sich mir in den Weg stellten, scheitern könnte. Andererseits, habe ich mich, als ich so vor mich hin dachte, gefragt, wie es denn sein kann, daß das Leben so ist. Ist es wirklich so, daß das Leben nur daraus besteht, Kampfgeist zu zeigen, über Hürden zu springen und nie beim Volleyball zu verlieren? Ist das so? Und die Turnstunde ist nicht etwa nur die Zeit zur täglichen Körperertüchtigung, sondern so etwas wie ein »Trainingscamp für den Überlebenskampf«? Und was ist, wenn man nicht über die Hürden kommt? Was passiert, wenn du nicht im Traum daran denkst, daß du je über eine straucheln könntest, und dann springst du los und fällst plötzlich auf die Schnauze? Ist es besser, über die Hürde zu springen als nicht zu springen? Ist jemand, der es über alle Hürden der Welt schafft, besser als jemand, der nur ein paar überspringt? Und wenn einer nicht drüber kommt, wer ist dann dran schuld?

Und hier bin ich.

Ich sitze in der Umkleidekabine. Die Kumpels reißen die üblichen Witze über die Leute aus der Verlierermannschaft, die auch ich mir jetzt anhören muß. Ich lehne den Kopf an die kühlen Kacheln und denke über das Leben als einen unendlichen Hürdenlauf nach. Mein Blick geht ins Leere.

Trotzdem. Irgendwas ist geschehen, seitdem ich in der Verlierermannschaft bin. Denen aus der Mannschaft mit den glücklichen Familien dämmert plötzlich etwas, wenn auch erst allmählich. Und was ihnen allen inzwischen aufgegangen ist, ist folgendes: Wenn ich die Mannschaft wechsle, wenn ich an irgendeinem Tag, einem Tag wie jedem anderen, ohne daß irgend jemand es hätte voraussehen können und obwohl Caspillas am Gegenteil festhält, die Mannschaft wechsle, dann bedeutet das, daß es auch jeden von ihnen an einem x-beliebigen Tag treffen kann. Und von diesem Tag an hat sich an den üblichen Witzen nach jedem verlorenen Spiel etwas geändert. Sie waren weniger grausam, manchmal hatte man sogar das Gefühl, sie waren ein bißchen erzwungen, reine Gewohnheit.

Um nicht aus der Übung zu kommen.

Nach allem, was Frau Matutes erklärt hatte, war jedem von uns bewußt, daß niemand problemlos all die Hürden dieser Welt würde meistern können, noch nicht mal Juan Gómez, der so hochbegabt ist.

Im Normalsein.

## *Vierundzwanzig*

Heute bin ich meine Sachen aus dem Malunterricht abholen gegangen. Der Unterricht findet im Speisesaal statt, nach Schulschluß. Der Speisesaal wird, damit er seiner doppelten Funktion gerecht wird, die Schüler zu ernähren und sie gleichzeitig zu vergiften, mit Unmengen von Chlorwasser gewischt. Der Geruch ist so stark, daß wir während des Malunterrichts jederzeit auf den Hof dürfen, um ein bißchen frische Luft zu schnappen.

Wenn die Lehrerin, Frau Esperanza, auf den Hof geht, dann mischt sie ihre Ration frische Luft mit Zigarettenqualm.

Als ich mit dem Malkurs anfing, erst mal ein bißchen lustlos, weil mir nicht klar war, daß die Malerei auch was für Jungs ist (ich will Persönlichkeit, und zwar sofort!), kaufte mir meine Mutter alles, was notwendig war, um aus mir einen kleinen Picasso zu machen: Papier, Zeichenstifte, eine Palette, Pinsel, Farbtuben in tausend Schattierungen, Terpentinöl, einen Spachtel und sogar ein paar kleine Leinwände. Aber das Wichtigste hatte sie vergessen: mir ein neues Hirn zu kaufen.

Sie ging in den Laden, aber die hatten keins mehr in meiner Größe.

Die waren gerade ausgegangen.

Und jetzt muß der kleine Picasso all die vielen Dinge abholen gehen.

Zu Hause habe ich auch eine Staffelei, aber das ist was anderes, weil ich zu Hause ständig abgelenkt bin und da keiner ist, der soviel Geduld mit mir hat wie Frau Esperanza oder mir verflixtnochmal sagt, wie man die Lichtreflexe auf einem Kristallglas malt.

Zu Hause vergeht mir schnell die Lust, und ich gehe runter zum Fernsehen, wenn ich nicht mehr weiter weiß. Da kenn ich mich.

Und außerdem bin ich viel zu unruhig.

Ich bin genau wie mein Vater, der nicht eine Sekunde stillsitzen kann und deshalb ganz Afrika asphaltieren muß. Ich glaube, überall, wo es ein bißchen kleiner ist als Afrika, kriegt mein Vater Klaustrophobie.

Was mich angeht, bei mir ist es das Gehirn, das in mir drin Platzangst bekommt, es versucht immer abzuhauen. Wenn mir das bewußt wird, sind meine Gedanken schon bei tausend anderen Sachen, und ich glaube, ehrlich gesagt, nicht, daß das besonders gut ist.

Meine Phantasie ist wie ein Kindergeburtstag, auf dem du mit Gott und der Welt spielst und am Ende das Gefühl hast, du hättest mit niemandem gespielt.

Jetzt weiß ich zumindest, daß ich mich schnell ablenken lasse und daß es mir schwerfällt, mich auf etwas zu konzentrieren, und daß die Malerei, vor allem bei Frau Esperanza, mir sehr hilft, wenn vielleicht auch nicht dazu, ein großer Maler zu werden, dann aber wenigstens dabei, mich auf etwas zu konzentrieren und mit Ruhe an eine Sache heranzugehen. Obwohl, ich glaube, das habe ich schon gesagt.

Das gehört zu den Dingen, die uns die Lehrerin gleich am Anfang im Malunterricht beigebracht hat. Sie hat gesagt, daß es bei der Malerei nicht darum ginge, etwas Bestimmtes zu erreichen oder gute Noten zu bekommen, noch nicht einmal darum, Spaß dabei zu haben, nein, hat sie gesagt, bei der Malerei ginge es einzig und allein darum, zu malen, und wer mehr davon erwarte, wer zusätzlich noch etwas anderes dabei verfolge, der solle es am besten augenblicklich seinlassen. Malen, hat sie gesagt, nichts als malen. Hat sie gesagt. Und weiter nichts. Ohne etwas anderes dabei zu verfolgen. Nur malen.

Als ich, hinter meiner Staffelei verschanzt, diese Worte hörte, dachte ich sofort, daß Frau Esperanza ein Scherzkeks ist. Wollte sie uns auf den Arm nehmen? Klar, daß es beim Malen nur ums Malen geht. Soviel wußte sogar ich. Ist ja logisch, daß man zum Malen in den Malkurs geht und nicht zum Reiten oder um Volleyball zu spielen, oder?

Aber in Wahrheit wußte ich gar nichts. Ich wußte noch nicht einmal, daß ich nicht malen konnte und es auch niemals können würde, und genausowenig – und das war das Wichtigste –, daß es darauf überhaupt nicht ankam, denn es ging einzig und allein ums Malen.

Mit Frau Esperanza fing ich also an *zu malen, um zu malen,* obwohl ich erst mal rein gar nichts kapierte.

In den ersten Stunden strengte ich mich an wie

ein Wahnsinniger, und dann kam sie zu mir und sagte:

»Juan, warum *willst du malen?* Vergiß das mit dem Malenwollen, *mal* einfach.«

Und ich kapierte es nicht und wurde sauer.

Mit entsprechender Miene erwiderte ich, daß ich genau das gerade versuchen würde.

Sie schaute mich an und sagte sehr ruhig:

»Es geht nicht darum, *zu versuchen, etwas nicht zu tun,* Juan. Schau mal, wenn du dir einen Film ansiehst, versuchst du dann den Film anzusehen oder siehst du ihn dir einfach an?«

»Ich sehe ihn einfach an.«

»Eben, und genau das gleiche machst du mit diesem Glas.«

»Schon, aber dieses Glas...«

»Was ist damit?«

»Na, es ist sehr schwierig.«

»Vergiß, daß es schwierig ist, Juan, es ist bloß ein Glas.«

Während der ersten Tage, und fast in all den darauffolgenden Wochen, spielten sich solche und ähnliche Dialoge ab, und nie, selbst wenn der kleine Picasso ein ums andere Mal die besten Beispiele dafür ablieferte, daß er nicht die Bohne von dem Ganzen verstanden hatte, nie war bei Frau Esperanza auch nur das geringste Anzeichen von Ungeduld zu spüren.

Ganz im Gegensatz zu mir, der ich bei jeder Kleinigkeit sofort wütend werde und die Nerven verliere.

Zum Beispiel muß ich zugeben, daß ich bis vor kurzem – und gelegentlich tue ich es noch heute – manchmal Sachen nur deshalb gemacht habe, um zu sehen, wie die Leute die Nerven verlieren. Ich hab meiner Schwester sogar mal ein Spiel vorgeschlagen, das hieß: *Wer zuerst die Nerven verliert, hat verloren.* Und obwohl sie diesen Vorschlag so freundlich wie nur irgend möglich abgelehnt hat, habe ich sie so lange tyrannisiert und auf tausend Arten getriezt, um sie dazu zu bringen, daß sie die Nerven verliert, bis sie sogar angefangen hat zu weinen.

Meine Schwester, die mir das Liebste ist auf der ganzen Welt! Meine Schwester, die mir immer hilft, wo sie nur kann.

Warum macht man solche Sachen?

Warum mache *ich* solche Sachen?

Als ich sie einmal um Verzeihung bat, dafür, daß ich sie so behandelt hatte, und dafür, daß ich so ein Idiot war, sagte sie, schon in Ordnung, es wäre nichts passiert. Es wäre doch nur, weil ich noch klein bin, und wenn man klein ist, macht man eben solche Sachen, das ist einfach so, und auch sie hätte solche Sachen gemacht, als sie so alt war wie ich, nur eben mit Mama, und das wäre mit Sicherheit viel schlimmer gewesen.

»So was macht man halt, und basta. Das ist normal, wenn man groß wird. Ihr macht doch dasselbe, wenn ihr euch auf dem Schulhof miteinander prügelt, nur um zu sehen, wer der Stärkste ist, oder? Das ist genau dasselbe, du versucht herauszufinden, was du mit deinem Kopf alles anstellen kannst. Du probierst es aus, das ist alles, ausprobieren. Du brauchst jemanden, um herauszufinden, wie stark oder schwach dein Kopf ist. Aber irgendwann kommt die Zeit, wo du das nicht mehr nötig hast, dann ist es nur noch für dich wichtig, ob du stark im Kopf bist, ob du schlau bist oder doof, egoistisch oder großzügig, du entdeckst, daß es nur dir selbst nutzt oder schadet, und dann läßt du die Leute in Ruhe. Du entdeckst, daß, ganz egal ob nun die anderen so oder so sind, daß dich das weder besser noch schlechter sein läßt. Und daß du nur im

Vergleich zu dir selbst besser oder schlechter sein kannst.«

Aber jetzt bin ich ein bißchen abgeschweift. Was ich eigentlich sagen wollte, ist, daß ich meine Sachen aus dem Kämmerchen hinter dem Speisesaal geholt habe, in dem wir immer das ganze Material aufbewahren. Ich habe die Reinigungsfrauen, die gerade dabei waren, den Boden und die Stühle mit Chlorwasser zu tränken, um den Schlüssel gebeten. Eine von ihnen, Almudena, die schielt und die sympathischste von allen ist, hat mir gesagt, daß ich ihr irgendwann später mal meine Bilder zeigen soll. Ich hab mich nicht getraut, ihr was zu sagen, auch nicht, daß ich nie im Leben Maler werden würde, und geantwortet, ja, irgendwann.

»Du könntest auch mal ein Porträt von mir malen«, hat sie in einem Ton gesagt, von dem ich nicht wußte, ob es ernst gemeint oder Spaß war.

Und da ist er rot geworden.

Der kleine Picasso.

## *Fünfundzwanzig*

Draußen wartet schon Onkel Carlos ungeduldig auf mich. Da sitzt er an Bord eines neuen Renault mit laufendem Motor und raucht wie besessen eine Zigarette nach der anderen. Bei Onkel Carlos bin ich mir nie ganz sicher, ob er die Zigaretten raucht oder sie ihn. Als er mich kommen sieht, macht er mir ein Zeichen, daß ich mich beeilen soll. Mit meinem vier Zentner schweren Rucksack auf dem Buckel und all den Malsachen kann ich mich allerdings kaum bewegen. (Ich hab immer fast alle Bücher dabei, falls ich mal einen Rappel kriege und Lust auf eine Lernorgie habe, was bis jetzt noch nie vorgekommen ist.)

Ich bin noch nicht ganz im Auto drin, da begrüßt mich mein Onkel mit einem Augenzwinkern, düst blitzschnell los und erklärt mir, daß er heute ein bißchen in Eile ist, weil er Eintrittskarten für die Oper hat.

»Für die Oper?« frage ich verwundert. Zum

ersten Mal höre ich meinen Onkel von Musik reden.

»Ja, für die Oper. Und ich muß dich noch zu Hause abliefern und dann zu mir und mich umziehen.«

»Aha. Und was für eine Oper ist das?« frage ich nur so, um zu fragen, denn auch ich bin noch nie in der Oper gewesen.

»The Rake's Progress«, antwortet er sicher.

»Aha. Und mit wem gehst du?« frage ich, als wäre es vollkommen normal, daß uns alle Autos, an denen wir vorbeikommen, anhupen wegen der unglaublichen Manöver, die mein Onkel hinlegt.

»Mit einer Freundin.«

»Aha«, antworte ich, »bist du mit der zusammen?«

»Mein lieber Juan, weißt du, was das Wort Diskretion bedeutet?«

»Ja«, antworte ich, obwohl ich mir in diesem Augenblick gar nicht ganz sicher bin. »Onkel Carlos?«

»Was?«

»Wenn du willst, kannst du mich an der Plaza de Castilla absetzen, und ich nehme von dort den Bus, dann hast du mehr Zeit.«

»Macht es dir nichts aus?«

»Nein, gar nichts.«

»Gut, dann laß ich dich da raus. In Ordnung?«

»Ja.«

Als wir an der Plaza de Castilla ankommen, regnet es in Strömen. Und ich denke, daß ich statt den Bus lieber einen Ozeandampfer nehmen sollte. Die Leute rennen, um einen Unterschlupf vor dem Regen zu finden. Die Leute rennen gern und stehen gern an, bei diesem Gedanken ertappe ich mich.

»Okay, ich steig aus. Viel Spaß in der Oper.«

»Danke. Paß auf dich auf«, antwortet er. Und ich sehe sein neues Auto mit Spitzengeschwindigkeit im Regen davonflitzen.

Heute war meine Schwester nicht in der Schule, weil es ihr am Morgen nicht gutging. Dennoch finde ich, als ich zu Hause ankomme und nach ihr schauen will, nur einen Zettel vor, daß sie ins Kino gegangen ist. Also doch!

*Lieber König Salomon,*

*da du mich allein zu Hause zurückgelassen hast, um dich in deiner geliebten Schule zu amüsieren, blieb mir nichts anderes übrig, als mich den ganzen Tag zu lang-*

*weilen, und jetzt kann ich nicht mehr, deshalb habe ich mich entschlossen, ins Kino zu gehen. (Um mal was ganz Originelles zu machen.)*

*Mama hat angerufen, um zu sagen, daß sie heute ein bißchen früher nach Hause kommt, wenn ihr nicht noch was dazwischenkommt (wird es aber), also verlier nicht die Hoffnung.*

*Die Hoffnung, die Hoffnung!*

*Küßchen, Laura.*

Ich laß meine Malsachen fallen, leg den Rucksack zusammen mit dem Rücken ab und geh mir die Hände waschen. Dann trinke ich ein Glas Milch, dazu esse ich fünfzigtausend Kekse und mache mich ans Lernen.

Das Haus ist leer, und man hört den Regen, wie er sich mit dem Brummen des Kühlschranks mischt.

Als ich schließlich sehr konzentriert bin, sehr, sehr konzentriert, sagt plötzlich jemand mit lauter Stimme:

»Ich bin ein Kind der Massai!«

Und dann stelle ich mir vor, daß wir in Afrika leben und daß auch meine Mutter eine Massai ist, und daß sie gerade zusammen mit anderen Massai eine Fernsehnachrichtensendung macht, und daß es darin nur Massai-Nachrichten gibt.

Ich stelle mir vor, daß mein Vater ein Massai ist, aber daß er weit weg mußte, nach Spanien, um Landstraßen umzubauen, weil sie schlecht gemacht sind und nur die Massai sie reparieren können.

Dann fällt mir ein, daß ich am nächsten Tag einen Test in Massaigeschichte schreibe, von der ich keine Ahnung habe. Als ich das meiner Mutter sagen will, versteht sie mich nicht, weil ich kein Massai spreche. Ich will ihr sagen, daß ich es bin, aber sie versteht mich nicht und dreht sich um, weil sie ihre Zeit nicht mit mir vertrödeln will. Dann taucht mein Onkel in einem neuen Massai-CLX auf und sagt mir, daß er in Eile ist, weil er eine Verabredung fürs Kino hat. »Welcher Film?« frage ich, und mein Onkel scheint mich zu verstehen.

»Weißt du, was Diskretion ist?« antwortet er.

Und dann drückt er wie verrückt auf die Hupe in seinem neuen Massai-CLX.

»Tuut tuut, tuut tuut.«

Da wache ich auf und renne zum Telefon.

»Hallo, hier ist die Villa Massai.«

»Juan?« Meine Mutter ist am Apparat.

»Ja, hallo Mama. Wie geht's?«

»Gut. Und euch?«

»Auch gut. Ich bin gerade mit Laura beim Abendessen.«

»Ja, prima. Schön, daß ihr schon angefangen habt, denn bei mir kann's ein bißchen später werden. In Ordnung?«

»Ja, Mama, mach dir keine Sorgen.«

»Gut, also, ich küsse euch.«

»Ja, von mir auch einen Kuß und einen von Laura.«

Ich bleibe stehen und schaue das Telefon an. Ich lausche auf den Regen und hoffe, daß meine Schwester bald zurückkommt. Als ich den Schlüssel in der Tür höre, werde ich genauso nervös wie Jacques früher immer.

## *Sechsundzwanzig*

Mir ist aufgefallen, daß ich seit der Nacht der zerbrochenen Vasen weniger vor mich hin summe und statt dessen mehr nachdenke. Manche Dinge haben sich eben verändert. Oder vielleicht haben sie sich gar nicht verändert, sage ich mir, ich merke nur jetzt, daß sie mehr Facetten haben, als ich bisher dachte.

Genau wie ich selbst.

Andererseits gibt es auch Dinge, die sich, wie zum Ausgleich, *nicht* verändern: Heute morgen hat mich schon wieder eine Dame beim Schlangestehen im Supermarkt überholt. Ich stehe an der Kasse an, und da kommt eine Frau und stellt sich direkt vor mich in die Schlange. Aber wie! Für den Fall, daß ich nun definitiv zum unsichtbaren Massai geworden bin, vergewissere ich mich ängstlich, ob ich noch da bin... Aber ich bin immer noch da!

Tja, und obwohl mir solche Alltagssituationen

bewußt machen, daß ich noch genau dort stehe, wo ich schon immer gestanden habe, wird mir doch auch klar, daß sich etwas verändert hat.

Auch die Leute sagen mir das: Ich habe dich lang nicht mehr singen gehört.

Oder malen gesehen.

Oder Basketball spielen...

Was letzteres angeht, so brauchte ich gar nichts zu erklären. Es hatte sich schon genügend herumgesprochen, als ich hinging, um dem Trainer mitzuteilen, daß ich nicht mehr zum Training kommen könnte.

Unser Trainer, den ich noch nie auch nur einen einzigen Korb habe werfen sehen, schaut mich plötzlich an, als wäre bei mir zu Hause jemand gestorben. Er legt mir eine Hand auf den Arm und sagt, was auch immer geschehe, ich könne auf die *Mannschaft* zählen, und daß die *Mannschaft* mehr sei als bloß eine *Mannschaft,* und daß die Spieler der *Mannschaft* wie eine Familie wären.

»Du verstehst doch, was ich sagen will, oder?«

»Ja, danke.«

»Das Spiel geht weiter. Hörst du? Manchmal gewinnt man, und manchmal verliert man eben. So ist das Leben. Wie beim Basketball.«

»Wie beim Basketball.«

»Ja, genau wie beim Basketball. Aber man darf den Mut nicht verlieren.«

»Ich darf den Mut nicht verlieren.«

»Nein. Du bist der Aufbauspieler. Du mußt das Spiel gestalten. Verstanden?«

Unser Trainer ist ein guter Trainer. Nicht so einer, der das ganze Spiel über die Spieler anbrüllt. Und obwohl ihn noch niemand jemals hat Basketball spielen sehen, ist es unserem Trainer gelungen, aus uns eine der besten Mannschaften im Wettbewerb zu machen.

»Verstanden?« fragt er.

Und in dem Moment, als er das zu mir sagt, kommt mir eine Idee.

»Trainer, kann ich dich um einen Gefallen bitten?«

»Natürlich kannst du das, Gómez.«

»Es ist nämlich so, daß im Sportunterricht...«

Und ich erzähle ihm die ganze Geschichte.

Ich erzähle ihm von unseren Niederlagen mit der Volleyballmannschaft, ich erzähle ihm das mit den Hürden, ich erzähle ihm das von meinen Eltern, ich erzähle ihm, daß ich kein bißchen hochbegabt bin, ich erzähle ihm von den Massai...

Als ich dem Trainer, der die ganze Zeit still zugehört und dabei den Ball in der linken Hand gehalten hat wie ein Serviertablett, alles fertig erzählt habe, sagt er sehr ernst:

»Beim Volleyball ist es genau wie beim Basketball. Man darf den Mut nicht verlieren.«

»Ich darf den Mut nicht verlieren«, wiederhole ich wie hypnotisiert.

»Ganz genau. Aber das allein genügt noch nicht. Man muß auch trainieren«, sagt er, als wäre das der Stein der Weisen. Er wechselt den Ball rüber in die andere Hand. »Weißt du, wie lange ich schon Basketballtrainer bin? Ziemlich lange, nicht wahr? Und trotzdem mache ich manchmal Fehler, oder? Manchmal verlieren wir doch?«

»Ja.«

»Und ihr wollt beim Volleyball gewinnen?« fragt er und beginnt mit dem Ball zu dribbeln, was ihn noch nie jemand von uns hat tun sehn.

»Wir wollen's jedenfalls versuchen«, antworte ich, und in meine Stimme mischt sich der Ton von jemandem, der gerade etwas Unglaubliches sieht.

»Und ihr wollt, daß ich euch trainiere? Habe ich recht?« sagt er, dreht sich um und sprintet los.

»Ja«, antworte ich und sehe, wie er sich leichtfüßig dem Korb nähert.

»Na, wunderbar«, sagt er in der Luft und legt einen Dunking hin.

»Wunderbar«, sage ich mit offenem Mund.

# *Siebenundzwanzig*

Unter dem grandiosen Vorwand, wir müßten noch etwas für den Musikunterricht vorbereiten, trommele ich am nächsten Tag die anderen Kinder der Massai zusammen.

Als ich an der Ecke von unserem Sportplatz ankomme, wo wir uns verabredet haben, sind schon alle da: Carlos González, Julián Valenciaga, Ana Avilés, Susana Hidalgo, Víctor Contreras, Víctor Palao, Vanesa López, Hamed Said, Carlota Paz, Amélie Carliez, Esperanza Genil und Nacho Gil.

Ja, alle, sogar Julián Valenciaga und Carlota Paz. Und schauen mich erwartungsvoll an. Worum geht es? Was hat er sich da ausgedacht?

Weil wir ja alles vor den anderen aus der Klasse geheimhalten wollen, verklickere ich ihnen ohne großes Drumherum meinen Plan. Keine Ahnung, was uns Miguel Millás diesmal vorwerfen könnte. Diesmal wird er sich sicher bei Frau

Matutes darüber beschweren, daß wir gewinnen wollen!

»Aber das ist es eigentlich gar nicht«, werde ich ihr sagen. »Uns geht es genaugenommen gar nicht ums Gewinnenwollen, sondern darum, zu beweisen, und vor allem erst einmal uns selbst zu beweisen, daß wir gewinnen können. Daß wir gewinnen können, weil wir keine Sondermannschaft sind, nicht behindert oder so was Ähnliches, nein, daß wir ganz genauso selbstverständlich gewinnen können, wie wir auch verlieren können. Es geht nicht darum«, werde ich ihr sagen, »zu spielen, weil wir gewinnen *wollen,* sondern einfach im Kopf zu haben, daß wir gewinnen *können.*«

Eigentlich weiß ich gar nicht so genau, wie ich es erklären soll. Ich überlege mir, welche treffenden und angemessenen Worte meine Schwester verwenden würde, und ich denke, daß es wohl jeder besser machen würde als ich. Aber ich weiß auch, daß ich derjenige bin, der den Stein ins Rollen gebracht hat, und daß jetzt nicht der Augenblick ist, einen Rückzieher zu machen.

»Ich weiß nicht«, sage ich zu ihnen, »aber ich habe keine Lust zu verlieren, nur weil Frau Matutes ...«

Aber da habe ich schon den Faden verloren, und alle schauen mich an, als würden sie sich fragen, wozu sie hier ihre kostbare Pausenzeit verplempern. Außerdem weiß ich sehr gut, daß es nicht an Frau Matutes…

Und da, als gerade alles zusammenzubrechen droht, erhebt sich eine Stimme, die schon lange niemand mehr gehört hat…

Die von Julián Valenciaga!

Alle sehen ihn an und denken sofort, daß er wohl eine Überdosis rote oder blaue oder grüne Pillen genommen haben muß…

Alle stehen wir da mit offenem Mund und schauen ihn mit tellergroßen Augen an, als wäre gerade eine fliegende Untertasse vor uns gelandet, und statt der grünen Männchen steigt Valenciaga aus ihr aus.

»Ja«, sagt er, »wir werden gewinnen.«

Und da kommt er uns wirklich wie ein Marsmensch vor.

Keiner weiß, was er sagen soll.

Jemand lacht.

»Was gewinnen?« fragt ein anderer.

»Ein Volleyballspiel gewinnen.«

»Und wozu?«

»Weil bei uns nichts passiert, weil ich es allmählich leid bin, daß alle glauben, wir müßten ständig verlieren. Ich möchte den Spielen nicht mehr zusehen, als sähe ich sie mir zu Hause im Fernsehen an.«

»Ich auch nicht«, sagt Susanna López, die ungefähr dreimal so kräftig ist wie ich. »Aber wie sollen wir das anstellen?«

»Der Basketballtrainer hat gesagt, daß er uns trainieren kann, wenn wir das wollen. Ich habe ihn schon gefragt, und er hat zugesagt. Aber das alles muß geheim bleiben.«

»Also, ich mache mit.«

»Ich auch«, sagt Nacho Gil.

»Wir stimmen ab«, sagt Julián Valenciaga. »Wer glaubt, daß er normal ist und daß es normal ist, nicht jedesmal beim Volleyball zu verlieren, der soll die Hand heben.«

Aber bevor wir abstimmen, fällt mir wieder ein, was ich eigentlich sagen wollte. Und da erzähle ich ihnen die Geschichte von den Massai, und die Geschichte geht so, daß es bei ihnen ganz normal ist, keine Familie zu haben…

Am Ende meiner Ausführungen sind alle Hände oben. Meine auch.

Wir machen einen Kreis, strecken alle unsere Hände in die Mitte und schreien laut und vernehmlich:

»Wir sind die Kinder der Massai!«

## *Achtundzwanzig*

Von da an sind die Tage reiner Wahnsinn. Was die guten und was die schlechten Dinge angeht.

An einem Tag sagt uns meine Mutter beim Abendessen, wie wir ja schon wüßten, würden sie und unser Vater sich trennen. Sie sagt, wir hätten ja sicherlich schon gemerkt, daß die Dinge in letzter Zeit nicht...

»Na, ihr mit eurer Intelligenz wißt schon, was ich sagen will«, sagt sie, wie sie da zwischen uns am Küchentisch sitzt und sich mit der einen Hand am Kinn reibt und mit der anderen an einer Gabel herumspielt.

Aber in diesem Moment hab ich keine Lust, es meiner Mutter so leicht zu machen. Ich will ihr nicht sagen, daß ich verstehe. Denn wenn ich das sage, wenn ich ihr sage, ja ich weiß schon, ich verstehe, daß es genauso normal ist, daß eine Vase zerbricht, wie wenn sie nicht zerbricht, dann muß ich so tun, als wäre ich damit einverstanden. Dann muß ich es akzeptieren... Und deshalb sage ich:

»Nein, Mama, ich weiß nicht, was du sagen willst.«

Und ich weiß, daß es ihr das Herz zerreißt.

Auf dem Tisch stehen Spiegeleier mit Bratkartoffeln, die sich meine Mutter heute gezwungen hat für uns zuzubereiten, obwohl ihr Kochen überhaupt keinen Spaß macht.

»Juan...«, fängt meine Schwester an.

»Also, Juan...«, fährt meine Mutter fort, hört auf, mit der Gabel herumzuspielen, und faltet die Hände, als müsse sie alle Kraft zusammennehmen.

»Tut mir leid, Mama, Entschuldigung«, sage ich, »ja, Mama, natürlich weiß ich, was du sagen willst. Es tut mir wirklich leid, Mama, verzeih mir.«

Da spricht meine Mutter mit glänzenden Augen weiter:

»Ich weiß, daß es besser für euch wäre, wenn euer Vater jetzt hier wäre, aber ich habe heute nachmittag mit ihm telefoniert, und wir sind uns darin einig, daß es besser ist, wenn wir es euch so bald wie möglich sagen. Er hat mir gesagt, daß er höchstwahrscheinlich Ende diesen oder nächsten Monats kommt...«

Das Gespräch dauert das ganze Abendessen lang an. Meine Schwester sagt die meiste Zeit fast gar nichts, nur zum Schluß, als meine Mutter schon aufgestanden ist, sich auf die Spüle stützt und aus dem Fenster in die Nacht sieht, sagt sie:

»Mama, Juan und ich, wir unterstützen euch in allem, und wir sind euch für alles dankbar. Wir würden euch gegen nichts und niemanden auf der Welt eintauschen.«

»Ja, Mama«, da ist er wieder, Juan, der Papagei, »wir haben euch alle beide lieb.«

Ich hätte niemals gedacht, sage ich mir insgeheim in diesem Augenblick, daß ich je ein solches Gespräch führen würde. Und trotzdem habe ich es geführt, sage ich mir weiter, und ich bin mir nicht sicher, ob mir das gefällt. Ja, ich spüre eine tiefe Liebe, aber auch viel Schmerz, ein Stechen im Hals, das mir sagt, daß ich gleich weinen muß.

Ich stehe so selbstverständlich wie nur irgend möglich vom Stuhl auf und sage:

»Ich geh aufs Klo.«

Und ich komme nicht mehr in die Küche zurück.

In dieser Nacht habe ich fürchterliche Alpträume. An einen erinnere ich mich: Wir sind in Frankreich, in unserem Haus in der Nähe von Lyon, und gehen nach einem wunderschönen Tag ins Bett. Mitten in der Nacht bricht im Haus ein Feuer aus. Blitzartig stürzen wir alle hinaus und sind den Flammen entkommen. Alle außer meiner Schwester.

Schreiend und weinend wache ich auf.

# *Neunundzwanzig*

In der Schule gehen die Dinge ihren Gang. Nächste Woche ist das Spiel. Ich kassiere weiterhin meine »Ausreichend«, meine Schwester ihre »Hervorragend«. Wie lang werden die Leute noch glauben, daß ich hochbegabt bin? Mein Onkel Carlos holt uns immer noch von der Schule ab, wenn auch nicht mehr so häufig, denn wir haben ihn davon überzeugen können, daß wir schon sehr gut allein nach Hause gehen können. Darüber beschweren sich fast alle Jungs aus der Schule, weil sie nun nicht mehr jeden Tag ein anderes Auto, allerneuestes Modell, vor dem Schultor sehen. Ansonsten scheint es ihm mit seiner neuen Freundin gutzugehen, mit der, mit der er damals in der Oper war. Und weil er jetzt so zufrieden und nervös ist, zwinkert er so viel mit den Augen wie noch nie, aber er sagt mir nicht mehr alle naslang, daß die Gesellschaft dran schuld sei. Als ich ihn das letzte Mal gesehen habe, hat er mir nicht wieder das alte Lied vom Leben und den Vasen und allem gesungen, sondern gesagt:

»Hör mal, Juan, du kommst schon auch noch drauf, manchmal ist das Leben einfach wunderbar.«

»Ja, ich werde schon noch drauf kommen.«

Er ist halt verliebt. (Meine Schwester würde mich jetzt fragen, warum ich so negativ bin.)

Außerdem wollte ich mich von Frau Esperanza verabschieden gehen. Aber als ich mich nach ihr erkundigt habe, hieß es, sie sei krank und man wisse noch nicht genau, wann sie zurückkäme. Das hat mir Almudena gesagt und mich dabei aus ihren schielenden Augen angeschaut, ohne mit dem Wischen aufzuhören, und auch, wie schade es sei, daß ich nicht mehr zum Malunterricht käme, weil ihr meine Bilder immer am besten von allen gefallen hätten.

»Meine?« frage ich überrascht.

»Ja, deine«, antwortet sie.

Und was das Spiel angeht, das ist eine andere Geschichte.

Eric-Emmanuel Schmitt
**Oskar und die Dame in Rosa**
Erzählung
Aus dem Französischen von
Annette und Paul Bäcker

Band 16131

Oskar ist erst zehn, aber er weiß, dass er sterben wird. „Eierkopf" nennen ihn die anderen Kinder im Krankenhaus. Doch das ist nur ein Spitzname und tut nicht weiter weh. Schlimmer ist, dass seine Eltern Angst haben, mit ihm über die Wahrheit zu reden. Da bringt ihn Madame Rosa auf die Idee, über alles nachzudenken, was ihn bewegt – in 13 Briefen an den lieben Gott. Unsentimental und unerschrocken erzählen Oscars Briefe von Liebe, Schmerz, Freude und Verlust.

»Dieses schmale Bändchen schlägt alle Rekorde ...
eine Geschichte, die ergreifend ist, tief traurig,
stellenweise komisch – und zum Weinen schön.
Sie ist ein kleines Wunder zwischen
zwei Buchdeckeln.«
*STERN*

»Der französische Autor Eric-Emmanuel Schmitt
ist auf dem besten Weg, hierzulande
zum Kultautor des Jahres zu werden.«
*dpa*

Fischer Taschenbuch Verlag

fi 16131 / 1

Eric-Emmanuel Schmitt
**Monsieur Ibrahim und die Blumen des Koran**
Erzählung
Aus dem Französischen von
Annette und Paul Bäcker

Band 16117

»Das ist ein unendlich zartes, schönes, liebevolles Buch.«
*Elke Heidenreich*

Manchmal klaut Moses, der in Paris lebt, Konserven im Laden von Monsieur Ibrahim und glaubt, dass dieser noch nichts gemerkt hat. Doch der hat den jüdischen Jungen schon längst durchschaut. Denn Monsieur Ibrahim, der für alle nur »der Araber an der Ecke« ist, sieht mehr als andere. Er ist ein verschmitzter Weiser, der viele Geheimnisse kennt, auch die des Glücks und des Lächelns.

»Lustig und traurig, poetisch und verschmitzt – eine Geschichte, die man am liebsten in der ganzen Welt verteilen würde.«
*Hamburger Abendblatt*

»Die Erzählung gehört zu den wenigen Büchern, die glücklich machen.«
*Brigitte*

»Ein philosophischer Leckerbissen.«
*Le Matin*

Fischer Taschenbuch Verlag

fi 16117 / 1

Margaret Forster
**Schattenkinder**
Roman
Aus dem Englischen
von Roseli und Saskia Bontjes van Beek
Band 15447

Zwei Töchter auf der Suche nach ihren leiblichen Müttern – zwei Mütter, die nicht gefunden werden wollen, weil sie die eigene Vergangenheit ruhen lassen möchten. Denn sie fürchten nichts so sehr wie die Rache ihrer verleugneten Töchter. Vier Lebensgeschichten, vier Schicksale – Margaret Forster hat daraus einen spannenden, vielschichtigen Roman gemacht, der ein ganzes Jahrhundert umspannt.

»Forster at her finest.«
*The Literary Review*

»Margaret Forster schreibt Romane,
die unter die Haut gehen.«
*Norddeutscher Rundfunk*

„Ein so intelligenter unterhaltender
Schicksals- und Frauenroman."
*Ellen Pomikalko*

Fischer Taschenbuch Verlag

fi 15447 / 1

**Sommerkinder**
Geschichten aus den großen Ferien
Herausgegeben von Ingrid-Maria Gelhausen
Originalausgabe

Band 15042

In diesem »klassisch« und ein wenig nostalgisch komponierten Lesebuch erzählen bedeutende Autoren des 20. Jahrhunderts von unvergesslichen Sommererlebnissen der Kindheit. Mit dabei sind: Marcel Proust, Natalie Sarraute, Marcel Pagnol, Thomas Mann, Fabrizia Ramondino, Albert Camus, Vladimir Nabokov, Virginia Woolf, Ingmar Bergman, Marlen Haushofer, Marie Luise Kaschnitz, Erich Kästner, Alice Herdan-Zuckmayer, Walter Benjamin und viele andere.

»Die Kapitel der Sommerkinder liest man wie Blätter
in einem alten Poesiealbum.«
*Hanns-Josef Ortheil*

»Eine Sammlung wunderbar nostalgischer
Kindheitserinnerungen und -erzählungen
berühmter Autoren.«
*Die Welt*

»Diese Geschichten lassen uns
in eigenen Erinnerungen schwelgen.«
*Westdeutscher Rundfunk*

Fischer Taschenbuch Verlag

fi 15042 / 1

# Colette

»Colette ist das menschliche Herz
der modernen französischen Literatur.«
*Marcel Proust*

**Chéri**
Roman
Aus dem Französischen
von R. und S. Bontjes van Beek
Band 14216

**Chéri / Chéris Ende**
Zwei Romane
Aus dem Französischen
von R. und S. Bontjes van Beek
Band 16164

**La Vagabonde**
Roman
Aus dem Französischen
von Grit Zoller
Band 14320

**Mitsou**
Roman
Aus dem Französischen
von Alexandra Auer
Band 14321

**Eifersucht**
Roman
Aus dem Französischen
von Elisabeth Roth
Band 14322

**Frauen**
Erzählungen
Aus dem Französischen
von Alexandra Auer
Band 14323

Fischer Taschenbuch Verlag

fi 555 064 / 1

Gabriel García Márquez
**Die Liebe in den Zeiten der Cholera**
Roman
Aus dem Spanischen von Dagmar Ploetz
Band 16251

51 Jahre, 9 Monate und 4 Tage wartet Florentino Ariza auf Fermina Daza. Schon als 18jähriger hat er sich unsterblich in sie verliebt, in ihren stolzen Gang und den schweren Zopf auf ihrem Rücken. In poetischen Briefen hat er um sie geworben, für kurze Zeit ihre Aufmerksamkeit gewonnen, und sie dann an Doktor Juvenal Urbino verloren. Doch nie hat er aufgehört sie zu lieben. Die schönste Liebesgeschichte der Welt.

Gabriel García Márquez singt der Liebe
»sein Hoheslied in schier unendlicher Melodie
bis zum Happy-End«.
*Der Spiegel*

Fischer Taschenbuch Verlag

fi 16251 / 1

Andrea Camilleri

**König Zosimo**

Roman

Aus dem Sizilianischen und Italienischen
von Moshe Kahn

Band 16280

»Ein Bravourstück.
Der vielleicht schönste Roman Camilleris überhaupt.«
*Literaturen*

Sizilien im 18. Jahrhundert unter spanischer Herrschaft. Die Zeiten sind wirr und die Umgangsformen rauh. Auf tückische Weise hat der Herzog Pes y Pes den Fürsten Don Filippo Pensabene um seinen gesamten Besitz gebracht hat. Als dieser sich daraufhin aufknüpft, bezichtigt der Herzog kurzerhand den armen Tagelöhner Gisuè Zosimo des Mordes. Der aber weiß sich zu wehren und zeugt unter irrwitzigen Umständen den kleinen Zosimo, ein wunderbares Kind, das schon mit sieben Monaten spricht und lachen kann wie ein Mann –, den zukünftigen König von Agrigent. Wundersame Umstände, phantastische Übertreibungen. Mit »König Zosimo« hat Camilleri sich selbst übertroffen.

»Ein historischer Roman von allerersten Güte,
bei dem man aus dem Lachen fast nicht herauskommt.«
*Österreichischer Rundfunk*

Fischer Taschenbuch Verlag

fi 16280 / 1

*Javier Salinas*

# E

Roman

Aus dem Spanischen von Lisa Grüneisen

280 Seiten. Leinen mit Lesebändchen

ISBN 3-250-60097-0

MERIDIANE 97

Wer bin ich, und wer wäre ich, wenn ich ein anderer wäre?

Wer ist E? Wenn er das nur selbst wüßte. Vielleicht würde es helfen, wenn er etwas mehr über seine Herkunft erfahren könnte. Aber seine Mutter kann sich noch nicht mal mehr an seinen Vater erinnern. Als junge Frau hat sie eine Reise quer durch Europa gemacht und ist dabei durch 43 Länder gekommen. Irgendwo unterwegs muß sie seinem Vater begegnet sein. Aber wann und wo? Womöglich hat er ja gar keinen Vater, so wie… egal.

E, dessen Identität auf einen einzigen Großbuchstaben zusammengeschnurrt ist, besitzt die Freiheit, aber auch die Qual, sich seine eigene Lebensgeschichte zu erfinden. In einem kurzweiligen Monolog imaginiert er sich in den verschiedensten Berufen, zu unterschiedlichen Zeiten, in allerlei Ländern: ob als russischer Komponist, als Alkoholiker in Budapest oder als Hundebesitzer in einer schwedischen Badwanne.

Alle Krisenherde des 20. Jahrhunderts scheint er gestreift zu haben, aber vielleicht ist er auch nur ein armer Irrer, der sich das alles bloß vorstellt und eigentlich irgendwo in der Anstalt sitzt und dringend seine Pillen braucht.

»Javier Salinas' Geschichten zwinkern dem Leser schelmisch zu.« *Elle*

Ammann Verlag